KB270734

#로맨스판타지

#육아물

#힐링

#로맨스판타지 #육아물 #힐링

요다 ♯ 장르 비평선 05

손진원 지음

머리말
로맨스판타지 속 육아물의 탄생

　'로맨스판타지'는 웹소설을 읽고 쓰는 이들에게 매우 중요한 장르다. 2010년대 중반, 장르의 명칭이 정립된 이래 빠르게 성장한 로맨스판타지는, 사람들의 의식에 강렬하게 자리 잡았다. 로맨스판타지나 웹소설을 읽지 않는 사람이라 할지라도 콘텐츠 사업과 관련한 주변의 입방아랄지, 플랫폼의 대표 웹소설 작품이 소개된 TV 광고를 통해 관련 콘텐츠를 접하지 않은 이는 드물 것이다. 형형색색의 머리카락을 휘날리는 여자 주인공과 매력적인 외모의 남성 캐릭터가 등장하는 화려한 표지 이미지와 함께, 다소곳한 느낌이 들면서도 의표를 찌르는 문장형의 제목, 그리고 독자의 마음을 홀리는 작품 소개와 키워드까지. 로맨스판타지를 둘러싼 이미지와 언어 들을 지나치기는 쉽지 않다.

판타지 세계의 용사처럼 검과 마법으로 적을 무찌르는 여성부터, 현대의 지식과 경험을 살려 재주와 요령을 부리는 여성, 입담만으로 정적(政敵)을 물리치는 여성, 때로는 체념하며 심드렁해하는 여성까지. 다양한 여성 캐릭터가 주인공으로 등장하는 로맨스판타지는, 동시대 독자가 원하는 인물상을 만드는 데 주력했다. 웹소설이라는 장르의 문법에 따라, 결말에서 필연적으로 승리를 거머쥐게 될 그들의 모험은 흥미진진할 따름이다. 그러나 자칫하면, 로맨스판타지라는 장르를 둘러싼 화려한 이미지와 피상적인 언어에 시선을 빼앗겨 작품이 표현하고자 하는 바를 놓칠 수도 있다. 이 장르는 동시대 여성이 마주하는 현실에 대한 생각과 정서를 판타지라는 언어로 치환해 보여준다. 이 책에서는 로맨스판타지의 역사적 흐름을 되새기며 장르적 변화 과정을 고려함과 동시에, 한국 현실의 문화적 현상과 작품을 분석한다.

특히 로맨스판타지의 하위 장르인 '육아물'에 대해 다룬다. '로맨스'라는 말에서 낭만적인 이성애의 표현을 기대하는 독자에게, 육아물은 뜬금없는 설정과 플롯을 지닌 이야기군일 수도 있다. 그러나 육아물은 판타지 안에서 탄생한 뒤, 로맨스판타지의 대표적인 하위 장르로 발돋움했다. 그 궤적을 '힐링(healing)'이라는 사회적·문화적 키워드를 통해 따라가려고 한다. 육아물은 휴식과 행복을 피상적으로 보여주는 힐링 산업의 파생물로, 힐링이 가져다주는 판타지가 필요한 독자에게 제 역할을 충분히 했다. 이 여정이 오랜 시간 독자의 사랑을 받아온 육아물을 이해하는 데 도움이 되길 바란다.

로맨스판타지와 육아물

1

육아물의 시작,
'아기'의 콘텐츠화

로맨스판타지 작품에 등장하는 어린아이는 마냥 귀엽고 예쁘다. 혀 짧은 소리로 애교를 부리고 보호자에게 애정을 표현하는 아이들이나, 그 아이들을 귀여워하다 못해 무엇이든 해주는 어른들의 '주접'은 로맨스판타지의 클리셰라고도 할 수 있다. 육아물은 그 장면을 집약한 장르다. 아주 어린 아이가 중심인물이 되어, 어른들의 사랑을 듬뿍 받으며 성장하는 내용이 중요한 장르적 코드로 자리한다. 이를 바탕으로 한 서사는 둘로 나눌 수 있다.

첫째는, 주인공이 '회귀', '빙의', '환생' 등을 겪은 이후 어린아이가 된다는 설정이다. 둘째는, 주인공이 어린아이를 양육하면서 고난과 갈등을 겪게 된다는 이야기다. 현재 로맨스판타지에서 육아물이라고 하면, 첫 번째 작품군을 대표적으로 꼽을 수 있으며 여기서 소개할 글과 작품 역시 이에 초점을 맞추고 있다. 그러나 육아물의 시작점을 살펴보기 위해서는 주인공이 어린아이를 양육하게 되는 작품도 언급하지 않을 수 없다. 따라서 이 책에서는 육아물을 다음과 같이 정의한다.

성인인 주인공이 마법과 같은 불가해한 사건으로 어린아이 혹은 아기로 회귀·빙의·환생하는 이야기다. 주인공은 자신이 살던 삶과 다른 조건의 삶을 살게 되는데, 그중에서도 '신체적 특성' 즉 매우 어림에도 성숙한 영혼을 지녔다는 사실을 매개로 주변 상황을 변화시킨다. 특히 주인공을 둘러싼 (유사) 가족과의 관계가 서사 전개에 매우 중요한 조건으로 자리한다.

육아물은 '카카오페이지'나 '조아라' 등 주요 웹소설 플랫폼에서 가장 많은 인기를 끌었던 로맨스판타지의 중요한 하위 장르 중 하나다. 로맨스판타지 육아물의 초기작을 살펴보기 위해서는 한국 판타지 장르의 시작점으로 거슬러 올라가야 한다. 이는 로맨스판타지의 특성 때문이다. 현재의 로맨스판타지는 로맨스와 판타지의 특징을 조금씩 혼합한 장르이며, 장르의 특징과 기원을 확인하기 위해서는 두 장르의 문법과 역사를 훑어보아야 한다. 특히 육아물처럼 어린아이가 이야기의 중심이 되고, 어린아이를 육아하는 것이 사건 전개의 중요한 조건이 되는 작품을 이야기하다 보면 한국 판타지의 초기작을 만나게 된다.

1세대 판타지 소설 중 어린아이나 갓난아기가 중요한 인물로 등장하는 작품으로는 방지나의 〈마왕의 육아일기〉(1998~1999)를 꼽을 수 있다. 제목에서부터 육아를 내세운 작품의 주인공은 17세에 갑작스럽게 마왕이 된 아힌샤르다. 어린 나이에 아버지에 대한 복수와 마족의 존속을 짊어지게 된 아힌샤르는 어리숙하고 마음이 약하다. '차기 마왕'이라는 이름값을 하기 위해 아힌샤르가 겪어야 하는 고난은 '육아'다. 사정은 이렇다. 용사인 라우진과 제대로 싸우기 위해서는 용사 가문에 대대로 내려오는 목걸이를 훔쳐야 하고, 그 목걸이를 이용해 검을 특수 제작해야 한다. 그러나 아이러니하게도 검은 용사의 핏줄만 제대로 사용할 수 있다. 결혼한 지 얼마 되지 않은 라우진은 때마침 쌍둥이 민셸과 디올을 낳는다. 우여곡절

끝에 아힌샤르는 민셸을 도맡아 키우지만, 정이 많고 착한 그가 복수를 제대로 할 수 있을지는 미지수다.

'마왕을 쓰러뜨린 용감한 용사 이야기'가 판타지의 고전적인 내용이라면, 이 작품은 그 후의 일을 개성적으로 그려낸다. 특히 판타지 세계관 안에서 완전한 악(惡)으로 표현되던 마왕을, 어리고 미숙하며 착하기까지 한 인물로 내세우며 기존 판타지 문법을 뒤튼다. 한편, 적진에 침투해 비밀리에 목걸이를 훔쳐 중대한 일을 해야 한다는 상상력은 〈반지의 제왕〉을 떠올리게 한다. 이전에 등장했던 판타지의 주요 문법을 이용한 듯한 작품에서 갑자기 육아가 등장한 이유는 무엇일까?

1990년대에 한국에 소개된 일본 만화 중 육아를 소재로 한 작품은 이미 큰 인기를 끌고 있었다. 그 예로, 일본에서는 소녀 만화 잡지 《하나토유메(花とゆめ)》에 연재되었던 〈아기와 나〉(라가와 마리모, 1991~1997)를 시작으로, 육아 잡지 《쁘띠 탕팡(petit enfant)》의 〈아따아따〉(아오누마 다카코, 1993~1998), 소녀 만화 잡지 《나카요시(なかよし)》의 〈다!다!다!〉(가와무라 미카, 1998~2002)와 같은 작품이 등장했고, 모두 애니메이션화되었다. 갑자기 돌아가신 어머

니 대신 어린 동생의 육아를 책임지게 된 초등학생 주인공의 이야기인 〈아기와 나〉, 초보 부모가 개구쟁이 두 아이를 키우는 내용을 다룬 〈아따아따〉, 앞마당에 불시착한 UFO에서 나타난 외계인 아기를 키우며 호감을 키워가는 남녀 중학생의 이야기인 〈다!다!다!〉까지. 모두 미숙한 주인공이 아기를 돌보면서 겪는 우여곡절을 담아낸 작품이다.

이 작품들은 또한 전문 양육자로서 어머니 형상이 부재한다. 근대화 이후 가정을 지키며 포근한 보금자리로 만드는 건 여성, 특히 어머니의 역할로 여기곤 했다. 이러한 담론은 1960~1970년대 산업 사회로 급격한 변화를 겪으며 본격적으로 퍼졌다. 산업 사회로 진입한 이래 '바깥양반'인 아버지는 집을 떠나 경제활동을 하고, 어머니는 집에서 '안사람'의 일을 도맡는 것이 마땅하다고 생각한 것이다. 그래서 여성은 아이를 낳아 어른으로 키우는 일을 도맡았다. 그러다 1980년대 후반 이러한 흐름에 변화가 생겼다. 산업화 심화와 젠더 역할에 대한 문제 제기 등으로 어머니 역할에 균열이 일어났다. 빈민 아동 구제는 물론 제도적인 아동 교육의 필요성이 맞물리면서, 어머니의 책임으로만 전가되던 육아가 사회 전반의 문제로 떠올랐다. 그리하여 1991년 「영유아보육법」 제정과 함께, 보육 전문 교사와 어린이집이 사회적인 육아 책임자가 된 것이다.

더군다나 1960년대 이후 인구 정책과 여러 사회적·경제적 구조가 변화한 결과, 1990년대에는 출생률이 감소하기 시작했다. 일본은 물론 선진국의 저출생 문제가 연일 보도되는 한편, 한국은 2050년 인구 감소로 인해 여러 문제가 발생하리라 예측했다. 이러한 배경이, 미숙한 보호자가 아기를 돌보고 애쓰는 이야기의 등장과 대중을 사로잡은 이유의 전부라고 말할 수는 없을 것이다. 그러나 가족 내 양육 책임자와 아기의 존재를 중요시하는 반면, 경제적 조건의 영향으로 양육이 쉽지 않아지며 아이에 대한 인식이 이전 시대와 달라졌다.

보통 아기를 상상하면, 어머니 품에 안긴 이미지를 떠올릴 것이다. 그런데 1990~2000년대에는 이와 다른 이미지가 꾸준히 나타났다. 앞서 소개했던 일본 만화나 애니메이션뿐만이 아니다. 〈god의 육아일기〉(2000~2001)라는 TV 프로그램도 있다. 5인조 남성 아이돌 그룹 지오디(god)가 한재민이라는 어린아이를 돌보는 관찰형 예능으로, 당시 큰 주목을 받았다. 다섯 명의 젊은 남성이 아기를 양육하는 콘셉트는 매우 신선해서 시청자들의 흥미를 끌어냈다. 이 프로그램을 통해 신인이었던 지오디는 인지도를 높일 수 있었다. 대중의 관심은 아이돌 그룹만이 아니라 재민이에게도 쏠렸다. 정확하게 말하자면, 재민이라는 특정 대상이라기보다 아기에 대한 관심이다. '보호 본능'을 자극하는 아기는 사랑스럽고 귀여운 대상으로 비쳤다. 여기에 미숙한 양육자들의 우여곡절이 서사를 만들고, 그들 사이에 형성된 유대감이 보는 이로 하여금 여러 감정을 불러일으킨 것이다. 요컨대 〈god의 육아일기〉는 '아기'가 인기 있는 콘텐츠가 될 수 있음을 보여주는 성공 사례가 되었다.

〈god의 육아일기〉 이후로 수많은 육아 예능 TV 프로그램이 등장했다. 아이의 귀여움과 순수함, 미숙한 양육자의 조합은 대중 미디어 콘텐츠의 주요 소재로 부상했다. 앞에서 소개한 것처럼, 판타지에서는 〈마왕의 육아일기〉를 시작으로 이러한 소재의 소설이 하나둘 등장했다. 이처럼 판타지 세계에서의 미숙한 양육자와 아이의 관계를 그리는 작품이 대부분이지만, 현대를 배경으로 한 작품도 있다. 박인주의 『남겨진 아이 버려진 아이』(드림필드, 2001)가 그 예다. 고

등학생 상준은 교통사고로 하루아침에 부모를 잃는
다. 막대한 부를 상속받았지만 세상에 홀로 남게 되었
다는 외로움에 좌절한 것도 잠시, 집 앞에 버려진 아
기의 아빠가 되기로 결심한다. 이 소설은 아이를 혼자
키울 수 있을 만큼 책임감 있는 어른의 모습을 증명
하기 위한 상준의 고군분투를 그린다. 이미 여러 편의
판타지 소설을 쓴 작가가 육아를 소재로 한 작품을 썼
다는 점에서 주목할 만하다.

1990년대 말과 2000년대 초, 전문적인 양육자로
여겨졌던 어머니의 이미지 대신 미숙한 양육자가 아
이를 돌보는 콘텐츠가 등장했다. 미숙한 양육자의 우
여곡절은 물론, 보호 본능을 불러일으키는 작고 어여
쁜 아기의 모습은 대중의 관심을 끌었다. '아기'와 '육
아'가 좋은 콘텐츠 소재가 될 수 있다는 것을 발견하
면서 판타지 안에서도 관련 소재를 이용한 작품이 등
장했다. 로맨스판타지의 육아물 역시 이러한 배경에
서 탄생했다.

판타지 세계 아이 되기

앞에서 살펴본 것처럼 '아이'와 '육아'라는 소재는 한국 판타지 역사의 시작점에서부터 쓰여왔다. 그러다 1세대 이후 2~3세대 판타지 문법을 거치면서 육아물이 등장했다.

한국 판타지 역사 관련 연구자들은 비슷한 시기에 2, 3세대라 부를 법한, 특정 경향의 작품군이 등장했다고 설명한다. 이를테면 허만욱은 「한국 판타지 장르문학의 흐름과 발전 전략 연구」(2011)에서 장르가 혼합되거나 차원 이동을 소재로 한 '차원이동물'의 등장을 2세대, 양적 팽창과 활발한 2차 창작 활동을 3세대로 구분하였다. 한편 이융희는 「한국 판타지 소설의 역사와 의미 연구」(2018)에서 작품 속 판타지 세계 구축 방식을 토대로 2세대와 3세대를 나누었다. 1세대에 의해 개성 있게 구축된 판타지 세계로 차원을 이동한다는 내용의 작품이나 두 개의 장르를 접목한 '퓨전 판타지' 작품군을 2세대, 디지털로 접속해 판타지 세계를 모험하는 '게임 판타지' 작품군을 3세대라 설명한 것이다.

설명하는 방식은 다를지언정, 연구자들은 공통적으로 2000년대 초반 등장한 판타지 작품을 2세대와 3세대로 나누었다. 이 시기에 등장한 판타지 작품을 대략 정리하자면, 현실과 판타지 세계를 넘나들며 그 경계를 희미하게 만드는 주인공이 등장했다고 할 수 있다. 가령, 열렬한 판타지 독자인 주인공이, 1세대가 구축한 판타지 세계로 이동해 모험한다는 차원이동물은 이 시기에 나타난 대표적인 판타지 작품군 중 하나다. 이후 특정한 픽션 작품으로 이동하는 '책빙의물'류가 등장하기도 한다.

픽션 작품을 읽을 때, 허구의 이야기가 실제처럼 느껴지거나 그러길 바라는 경우가 종종 있다. 따분한 현실과 달리 재미있는 픽션 작품 속 사건이 눈앞에 펼쳐지면 얼마나 흥미진진하겠는가. 이러한 읽기 방식은 매우 보편적인데, 이를 '상상하며 읽기' 혹은 '몰입하며 읽기'라 부른다. 이는 현실과 가상의 장벽을 무너뜨리려는 시도인데, 1세대 판타지의 팬이었던 2세대 작가들은 그러한 상상을 작품으로 표현했다. 또한 판타지 세계를 배경으로 하는 게임에 접속하여 활약하고 그로 인해 주인공이 현실에서도 명성을 얻는다는 내용의 게임 판타지 역시 판타지 세계와 현실의 경계가 희미하다.

판타지 하면 떠오르는 회귀, 빙의, 환생 즉 '회빙환'은 판타지 세계와 현실의 경계를 희미하게 만드는 서사적 장치를 일컫기도 한다. 게임의 '세이브/로드(Save/Load) 시스템'처럼 미래의 일을 아는 상태에서 과거의 한 시점으로 되돌아가는 '회귀물', 자신이 잘 아는 세계에서 새 삶을 살게 되는 '빙의물'과 '환생물' 모두 주인공이 발 딛고 서 있는 현실에 판타지 세계가 틈입하며 가상이 현실이 되고, 현실이 가상이 되는 상상력을 보여준다. 2000년대 초반 판타지에 이러한 서사적 장치를 이용한 작품이 등장하면서, '상상하며 읽기'로 만난 판타지 세계가 현실이 되길 바라는 독자의 근원적인 바람을 충족시켰다.

이 지점에서 초창기 육아물의 아이디어가 나온 듯하다. 현실에 발 디디고 살던 주인공이 판타지 세계에서 다시 태어나 적응하며 자라는 이야기나 어린 아기의 몸에 빙의하는 내용 말이다. 이 시기의 판타지 작품으로는 박신애의 소설이 가장 대표적이다.『아린 이야기』(청어람, 2000~2002)는 임경배의『카르세아린』(자음과모음, 1999)의 2차 창작물이다. 수험생이던 주인공은 갑자기 나타난 악마와 내기를 하다 드래곤이 되고 싶다는 소원을 이룬다. 알에서 부화한 드래곤, 즉 해츨링이 된 아린은 처음으로 알을 낳아 품은 칼 세르니안의 딸이 된다. 아린은 생각한다. "초보 엄마 드래곤에 초보 해츨링이라. 그럼 내가 어떻게 행동해도 이상하게 보이지는 않겠군."

아린처럼 현실의 주인공이 환생, 차원이동, 빙의 등을 통해 판타지 세계의 어린아이가 된다면 그 세계에 적응하는 과정이 필요하다. 적응 과정에서 주인공은 이상한 행동이나 반응을 보이지만, 양육자는 당황스러워하면서도 육아의 일환이라 생각하며 아이를 보살핀다. 이러한 이야기의 진행은 비슷한 시기에 인기를 끌었던 '귀여운 아이', '미숙한 양육자'라는 소재와도 겹친다.

박신애의 또 다른 작품『정령왕의 딸』(청어람, 2003)은『아린 이야기』와 다르게 차원이동물이다. 고

등학생 주인공 해인은 갓난아기 시절, 바다에 홀로 떠올라 지금의 가족 품에서 성장했다. 어느 날 수영을 하다 다른 세계로 이동한다. 그곳에서 물의 정령왕을 만난다. 정령왕은 해인을 낳다 사망한 아내의 죽음을 받아들이지 못해 해인을 유기했다 다시 불러들이고, 이 사실을 알게 된 해인은 경악한다. 해인은 친아버지를 거부하고 가출한 뒤, 판타지 세계에서 여러 고난과 모험을 겪는다.

주인공은 어린아이가 아니지만, 아버지가 정령왕이라는 설정이 이야기 전개에 매우 중요한 요인으로 등장한다. 이 시기 종이책으로 출간된 작품 외에도 수많은 아마추어 창작자의 판타지 작품이 웹소설 사이트에 연재되곤 했다. 이 사이트의 지난 기록을 살펴보면 주인공이 '드래곤', '정령', '마왕' 등 판타지 세계 속 강력한 존재의 자녀가 된다는 설정의 작품이 다수 창작되었음을 확인할 수 있다.

로맨스판타지의 육아물은 이러한 장르의 유행과 관심 속에서 등장했다. 2000년대에는 2, 3세대 판타지 작품의 등장과 더불어 로맨스판타지라 분류할 수 있는 작품 또한 나타나기 시작했다. 여성 인물을 중심으로 사교계에서 벌어지는 정치 싸움이나, 연애 문제가 주요한 소재로 부상했다. 낯선 세계를 유랑하는 주인공에게 새로운 가족과의 관계는 매우 중요하다. 어린 시절의 경험이 자아와 정체성을 형성한다는 현대 사회의 심리학적 해석은 인물의 내면을 탐색하고 상상하는 데에도 영향을 미쳤다.

『아린 이야기』와 『정령왕의 딸』을 살펴보면, 주인공은 단순히 현실의 따분함 때문에 판타지 세계로 이동한 것이 아니다. 이들의 '전이'에는 가족과의 친밀함이 매우 중요한 요소로 얽혀 있다. 『아린 이야기』의 주인공은 계모의 구박과 입시 스트레스로 자살하려 했으며, 이 과정에서 악마의 힘 덕분에 다른 세계의 드래곤으로 태어났다. 드래곤이 된 주인공 곁에는 다정한 어머니를 비롯해 몇백 년 만에 태어난 어린 존재를 사랑스럽게 여기는 가족이 있다. 『정령왕의 딸』의 주인공은 양부모 밑에서 행복하게 성장했으나, 괴팍한 친부가 갑자기 나타나 낯선 세상에 떨어졌다. 주인공을 가차 없이 버렸음에도, 자식의 의지와 상관없이 낯선 세계로 다시 불러들인 아버지와의 갈등과 화해의 서사가 초반부의 주요 에피소드로 다루어진다.

가족과의 친밀성에 대한 주제라면 프로스트의 『엘디아룬』(환상미디어, 2005) 역시 눈여겨볼 만하다.

주인공 가은은 판타지 세계에서 다시 태어난다. 로카 포르테 왕국의 공주로 태어난 그녀는 어머니인 왕비의 미움을 받는다. 왕의 사랑을 원하는 왕비는 아들을 낳지 못한 것이 문제라 여겨 딸을 탓한다. 그러나 정작 괴팍한 왕의 환심을 산 가은은 아버지를 심드렁하게 바라본다. 어쨌든 가은은 왕의 애정으로 왕궁에서 좋은 대우를 받고, 이복남매들과 경쟁하거나 사촌들과 우호적인 관계를 맺는다. 이 작품은 주인공이 자신의 잠재력을 발견하며 성장하는 과정에서, 가족 구성원에 대한 뒤틀린 감정과 친밀성의 문제를 섬세하게 그린다.

앞서 언급한 작품들은 물론, 2000년대 판타지의 주인공 대부분은 고통스럽거나 지루한 현실에서 벗어나고 싶어 했다. 현실의 어떤 것도 떠오르지 않는 판타지 세계를 갈망하고, 비로소 꿈을 이루어 새로운 세계의 인물이 되는 것은 당시 작품의 특징이다. 여기서 판타지 속 인물의 소망에는 실제 독자의 소망이 어느 정도 담겨 있음을 추측할 수 있다. 2000년대 판타지가 '상상하며 읽기'의 경험을 작품화한 것이라면, 독자 역시 자신의 현실을 부정적으로 인식하고 그것을 해소하기 위해 판타지를 읽었다고 말할 수 있지 않을까? 현실의 부정적인 문제에는 가족과의 친밀성도 관련이 있을 것이다.

물론 판타지 세계로 이동해 거리낌 없이 모험할 수 있는 개연성을 마련하기 위해 가족 간의 관계를 일부러 부정적으로 그렸을지도 모른다. 어쨌든 냉랭한 부모의 형상이나 부모로부터 해방되거나 부모와의 애정 관계를 이용해 이득을 취하려는 자식을 그려낸 이야기를 이 시기 판타지 소설에서 쉽게 찾을 수 있음에 주목해야 한다. 그리고 이를 사랑받지 못한 자식의 관점에서 그리며, 사랑받을 자격에 대해 고민하는 자기 연민의 감수성을 보여주었다.

앞으로 살펴볼 육아물에서도 부모로부터 애정을 받지 못하는 주인공이라는 소재가 플롯에 중요한 영향을 미친다. 이는 2000년대 판타지가 지닌 장르적 문법의 연속성이라고 할 수는 있지만, 육아물이라는 하위 장르로 발전할 만큼 독자와 작가의 폭발적인 관심과 사랑을 받은 이유라고 하기는 어렵다. 다만 육아물이 가족 내 친밀성을 소재로 정서적 보상을 얻는 장르라면, 육아물이 등장한 2010년대 초반 사회적·문화적 분위기에서 그 힌트를 얻을 수 있을 것이다. 이때는 '힐링'이라는 말이 유행했다. 정신적 건강에 관심을 기울인다는 힐링 문화에 대해서는 앞으로 자세히 살펴보겠다.

육아물이 로맨스판타지의 주요한 하위 장르 작품군이라는 점에서, 로맨스판타지가 활용하는 로맨스 문법을 우선 알아볼 필요가 있다. 이는 주인공의 힐링을 돕는 남성 캐릭터의 존재 및 사랑 방식을 확인하기 위한 것이기도 하다.

로맨스와 로맨스판타지 문법

2000년대 말에는 우리가 알고 있는 로맨스판타지의 초기 모델이라 할 수 있는 작품이 나타났다. 이후 여자 주인공의 모험과 로맨스 문법을 이용한 작품이 많아지면서 지금의 로맨스판타지가 되었다.

장르로서의 로맨스는 남녀의 '낭만적 사랑(romantic love)'의 성취를 일차적으로 다룬다. 사랑의 방식은 다분히 현대적이다. 보통 취향에 맞는 사람을 직접 선택하고 그와 합의하여 연애를 시작한다. 그리고 상대방을 탐색하여 자신의 반려자인지 확인한 뒤, 결혼한다. 상대와 배타적이고 독점적인 관계를 맺는 사랑 방식의 목표는 매우 이상적이다. 우선 '진정한 사랑'이 존재한다고 생각한다. 인생의 짝을 만나는 순간, 미성숙한 개인은 비로소 성장하고 다른 사람이 된다고 여기는 것이다. 그래서 '나만의 짝', '솔메이트(soulmate)'를 찾기 위해 무단히 노력한다. 인간의 자아실현에 사랑이 포함되는 것이다. 이러한 초월적인 면모 이면에는 상대와의 육체적인 애정과 욕망도 있다. 상호 동의와 존중을 바탕으로 한 스킨십은 자연스럽지만, 그렇지 않은 육욕(肉慾)은 문제다.

이러한 사랑 방식은 근대 사회에 이르러 널리 퍼졌다. 사실 결혼은 국가, 종교, 계급 등의 문제로 개인이 자유롭게 결정할 수 없었다. 근대에 이르러 개인의 자유가 보장되고, 연애와 결혼이 사적인 일로 분류되었으며, 낭만적 사랑이 진정한 사랑의 방법론으로 떠올랐다. 그래서 로맨스는 '해피 엔드(happy end)', 즉 두 남녀가 서로의 사랑을 영원히 간직하길 약속하며 끝난다.

무엇보다 낭만적 사랑은 매우 '여성적인' 사랑 방식이다. 한국 로맨스 장르 형성에 지대한 영향을 끼친 캐나다 출판사 '할리퀸(Harlequin)'의 로맨스 소설을 살펴보면, 남자 주인공은 대부분 낭만적 사랑 방식에 익숙하지 않거나 무지한 인물로 등장한다. 사랑의 감정을 모르는 이들은 냉담하고 무자비한 '성격으로, 정서적 교류보다는 육욕을 중시하며, 난폭하거나 야만스럽게 묘사되기도 한다. 할리퀸 로맨스의 기본 서사는 이러던 남자 주인공이 여성적인 사랑 방식, 즉 여성 인물이 표현하는 친밀함과 정신적 애정의 중요성을 기꺼이 받아들이고 자신의 감정을 진실하게 고백하는 것으로 변모하는 모습을 보여주는 것이다.

한편, 할리퀸을 비롯한 각종 연애 서사의 영향을 받은 한국 로맨스는, 2000년대 초반 대중문화 전반에 걸쳐 '나쁜 남자'라 일컫는 남성 캐릭터가 유행하며 본격적으로 창작되었다. 수많은 소설에서 나쁜 남자는 '천성이 그러하다'는 빈약한 설명 대신, 사랑을 모르고 자란 성장 배경이 제시되곤 했다. 그러니까 나쁜 남자는 정말 나쁜 남자가 아니다. 사랑하는 방법을 몰라 못된 짓을 (회생이 가능할 정도로만) 하는 남자일 뿐이다. 반면 여자 주인공은 진정한 사랑의 방법을 알고 있거나, (그 존재만으로) 사랑의 방법을 깨달을 수 있도록 도와주는 역할을 한다.

로맨스에서는 남자 주인공과 여자 주인공의 성격이나 행동의 차이가 두드러질수록 둘의 관계가 매력적으로 그려진다. 사랑에 대한 두 사람의 입장도 마찬가지다. 차이를 극복하고 끝내 서로를 향한 애정을 인정하는 과정이 로맨스의 묘미라 할 수 있다. 대체로 이 과정은 여자 주인공 입장에서 서술되거나 여자 주인공을 중심으로 표현된다. 사랑의 성공은 인생의 성공이다. 그래서 여자 주인공이 지닌 여러 문제는 남자 주인공과의 관계가 원만해지면 자연스럽게 해소된다. 로맨스는 남자 주인공이 대단한 부와 권력을 지닌 것으로 그려지기 때문에 '신데렐라 이야기'로 치부되는 경우도 종종 있지만, 사랑은 모든 격차를 무마할 수 있는 것으로 여겨진다. 그만큼, 사랑의 힘은 위대하다.

로맨스판타지가 로맨스의 여러 문법을 적극적으로 이용한다 해도, 로맨스와 동일하게 작용하지는 않을 것이다. 그러나 완전히 다르게 사용되지도 않는다. 이를 기억하며 로맨스판타지에서 나타나는 사랑의 양상을 살펴볼 필요가 있다. 또한 다양한 웹소설 플랫폼에서 로맨스판타지를 본격적으로 카테고리화하기 시작한 2015년 전후, '페미니즘 리부트(reboot)'라 불리는 중요한 사회적·문화적 현상이 나타난 사실 역시 주목할 필요가 있다. 세계적으로 각계각층에서 이루어진 '미투(Me too)' 운동은 물론, 한국에서 일어난 여성 대상의 각종 혐오 범죄 및 사이버 성폭력에 대항해

이전과 다른 형태의 페미니즘 문화 운동이 일어난 것
이다.

이후, 여성을 주요한 수용자로 삼거나 여자 주인
공을 내세우는 콘텐츠를 포함해 대중문화 콘텐츠 전
반에 여성 재현이나 여성 서사의 문제가 대두되기도
했다. 로맨스와 로맨스판타지 또한 관련 논의에 의식
적으로 반응하였다. 특히 로맨스판타지의 '팬덤'은
주체적으로 행동하는 여성 인물 형상화에 집중하면
서, 여성이 스스로를 격려하고 사기를 높이는 서사에
관심을 보였다. 기존의 여성상을 전복한 주인공이 등
장하거나, 주체적으로 자신의 운명을 결정하고 능력
을 발휘하는 여성 인물의 역경과 해소의 서사가 나타
났다. 앞으로 살펴볼 초창기 육아물이 이러한 배경에
서 창작되고 읽혀왔음을 기억한다면, 육아물이 왜 독
자들의 지지를 받았고 어떤 형태로 변화했는지 이해
하기가 훨씬 수월할 것이다.

힐링 콘텐츠와 육아물

2

힐링이 조명한 '아픈 청춘'

2010년대 초, 한국 사회와 문화를 관통하는 키워드 중 중요한 것을 꼽으라면 단연 힐링이다. 힐링은 '치유'를 의미한다. 일반적으로 유기체의 몸이 상처를 입거나 질병에 걸렸을 때 물리적으로 손상된 부위가 복구되고 원래 기능을 되찾는 것을 뜻한다. 그리고 몸의 영역뿐만 아니라, 정서와 심리, 감성 측면에서의 기능 회복을 포괄하기도 한다. 즉, 힐링은 상처 입고 병에 걸린 신체적·정신적 상태를 회복하여 평안을 되찾는 일련의 과정이다.

힐링 이전에는 '웰빙(wellbeing)'이 있었다. 2003년 한국 사회에 확산되었던 웰빙에 대한 관심 또한 건강과 관련 있다. 나아가 웰빙은 한 개인의 삶이 얼마나 잘 혹은 좋은 형태로 꾸려지는지를 논할 때 쓰는 키워드이기도 하다. 웰빙은 다른 누군가를 돌아보고 신경 쓰는 것이 아닌, '나'의 삶에 집중하는 개념이라고도 할 수 있다. 힐링에 대한 담론도 궁극적으로는 개인이 자기 삶에 집중하고 행복을 추구하는 것과 관계가 있다. 웰빙이 몸의 건강을 토대로 한 개인의 행복을 추구하는 추상적이고도 포괄적인 목표를 지향하는 것이라면, 힐링은 상처 입은 개인의 마음과 정신을 치유한다는 분명한 목적의식이 있다.

힐링이 한국 사회의 트렌드가 된 것은 2011년부터인데, 2013년 무렵 정점을 찍었다. 특히 도서 분야는 힐링 트렌드의 덕을 가장 많이 보며 힐링 열풍의 근원지로 여겨졌다. 당시는 '힐링 에세이'가 대중적으로 인기를 끌게 된 시기와도 맞물린다. '에세이'는 저자 개인의 경험과 생각을 풀어놓은 글이다. 2010년 12월에 출간된 김난도의 『아프니까 청춘이다』(쌤앤파커스)는 2011년 연간 베스트셀러 1위를, 2012년에 출간된 혜민의 『멈추면, 비로소 보이는 것들』(쌤앤파커스)은 그해 베스트셀러 1위를 차지했다. 두 힐링 에세이는 전문적인 상담이나 실질적인 치유 방법을 공유하지 않는다. 그보다는 주요 독자로 상정한 젊은이들보다 먼저 태어나 인생의 고난과 행복을 겪은 성공한 멘토(mento)의 잠언 같은 글을 모은 것이 특징이다.

힐링 에세이와 함께 '힐링'이라는 말의 유행과 대중적 인식을 널리 퍼뜨린, TV 예능 프로그램 〈힐링캠프, 기쁘지 아니한가〉(이하 〈힐링캠프〉) 역시 시청자들의 관심을 받았다. 〈힐링캠프〉는 2011년 7월 방영된 이래 세 명의 MC가 매주 게스트의 개인적인 사연과 이야기에 집중하는 방식으로 구성했으며, 유명 연예인과 방송인 등이 출연하였다. 담당 PD 최인영은 〈PD저널〉의 「자연 속에서 나누는 '토크'」(2011)라는 글에서 "야외의 탁 트인 곳에서 촬영"하며 "몸과 마음의 치유를 뜻하는 힐링을 함께 체험하"는 프로그램이라고 〈힐링캠프〉를 설명했다. MC인 방송인 김제동은 "사람은 역시 사람을 만나야 치유가 되는 것 같다"고도 했다. 이처럼 〈힐링캠프〉는 웃음과 재미를 주는 토크쇼 이상의 사회적 역할을 담당하기도 했다.

당시 힐링 에세이와 예능 프로그램의 공통점은, 서울대학 교수, 미국 대학 교수, 혹은 유력 대선주자 등 화려한 이력이나 유명세를 지닌 인물이 개인적인 사연을 고백하며 시청자나 독자의 공감을 산다는 것이었다. 유명 멘토가 대중을 향해 위로와 조언의 메시지를 전달하면, 대중은 따뜻한 깨달음을 얻으며 힐링하게 된다는 것이 2010년대 초반 힐링을 내세운 콘텐츠의 특징이었다.

힐링 콘텐츠의 메시지는 방황하는 젊은이를 향하는 경우가 대다수였다. 가령, 『멈추면, 비로소 보이는 것들』의 '프롤로그'에서 저자는 대부분의 사람, 특히 젊은이들이 많이 아프다는 사실을 우연히 알게 되었다고 밝혔다. 자신이 SNS에 남겼던 글이 위안이 된다는 것을 깨달은 뒤 본격적으로 소통을 시작했다고도 했다. 한편, 『아프니까 청춘이다』는 제목에서도 짐작할 수 있듯, 젊은 층을 주요 독자로 삼았다. 저자는 '프롤로그'에서 '미니홈피'와 '트위터', '블로그'를 통해 젊은이들과 소통했을 뿐만 아니라 1,000명에 이르는 전국 대학생을 대상으로 설문 조사하여 객관적으로 젊은이들의 문제를 살피려 했다고 밝혔다.

두 책의 차례 페이지에 적힌 제목 일부를 살펴보겠다. '그대의 열망을 따라가라', '시련은 나의 힘', '죽도록 힘든 네 오늘도, 누군가에게는 염원이다', '기적이란 천천히 이루어지는 것이다', '네가 내린 결정으로 삶을 인도하라', '스펙이 아닌, 그대만의 이야기를 만들어가라'(이상 『아프니까 청춘이다』), '힘들면 한

숨 쉬었다 가요’, ‘우리가 진정으로 노력해야 할 것’, ‘인생, 너무 어렵게 살지 말자’, ‘내 마음과 친해지세요’(이상『멈추면, 비로소 보이는 것들』). 교수인 저자와 종교인인 저자가 말하고자 하는 방향성과 어조에는 차이가 있지만, 제목에서 독자에게 설파하고자 했던 그 시대 힐링 담론의 성격을 짐작할 수 있다.

2010년대, 멘토들은 젊은이들이 느끼는 아픔, 방황, 스트레스를 향해 위로와 공감, 때로는 따끔한 조언을 하며 개인의 마음과 정신을 갈고 닦을 것을 종용했다. 개인이 사회에서 느끼는 경제적·구조적 어려움은 청춘이라면 응당 경험하는 통과의례이며, 개인이 잘 견디고 노력하며 자신의 가치를 새롭게 높인다면 사회적 기회, 더 나아가 인생이 행복해질 것이라고 조언했다. 그러나 이러한 진단과 처방은 현실의 문제에 대한 구체적인 해결책을 제시하지 못하는 추상적인 주장에 지나지 않았다. 게다가 젊은이들이 겪는 사회의 여러 구조적 원인을 외면하고 다양한 논제를 단순히 개인의 책임으로 돌리는 문제를 안고 있었다.

다수의 글에서는 힐링을 외치던 2010년대 초반 사회 분위기의 배경으로 신자유주의의 유입과 그로 인한 통치 기술의 변화를 꼽는다. 개인은 인적 자원으로 활용되어 경제적 가치를 창출하는 존재로 규정된다. 그리하여 개인은 끊임없이 자기 계발을 이루어야 하고, 사회는 행복의 척도가 경제적 가치로 귀결되는 굴레에 갇혔다는 것이다. 이러한 사회 구조에서 불균형 문제는 개인의 노력 여하 문제로 판명되어 스스로 자기 계발의 전략을 습득하는 것이 이 시대의 통치·지배 기술이 되었다.

김은준은 「초기 힐링담론의 자기통치프레임과 담론효과」(2015)를 통해, 2010년대 힐링 담론을 분석하고 수용자들이 이를 어떻게 받아들였는지 정리했다. 당시의 힐링 담론은 개인의 존재 가치만을 강조하며, 다양한 문제의 근원을 힐링이 필요한 개인인 '나'에게 집중시켰다고 설명한다. 또한 힐링 에세이나 저자 인터뷰의 독자들은 위로와 치유라는 힐링의 본질적 기능보다 자기반성이라는, 자기 계발론의 전형적인 실천으로 이어졌다고 밝히고 있다.

다만, 일부 독자는 자신을 문제화하는 담론에 대해 부정적이고 비판적인 반응을 보이기도 했다. 이는 힐링이라는 키워드와 '셀러브리티(celebrity)'였던 어른 멘토들의 소탈한 조언의 광풍이 휩쓸고 지나간 지 얼마 되지 않아, 어른 멘토들을 향한 강력한 반발과

저항, 세대 갈등 담론이 발생했던 사실을 예고하는 것이기도 하다. 힐링 담론 유행 이후 힐링 대상으로 여겨졌던, 상처 입고 고단한 청춘은 분노의 감정을 표출하기 시작했다. 이는 2013년 전후로 젊은 네티즌 사이에서 발화되며 시대의 언어로 급부상한 '헬조선'이나, 개인의 노력보다 부모에게 물려받은 부(富)에 따라 계급이 나뉜다는 '수저 계급론'과 같은 용어를 떠올리면 쉽게 수긍할 수 있을 것이다.

그러나 저항과 비판의 목소리가 실질적인 사회 구조 변동과 변혁을 일으키는 데까지 나아가지는 못했다. 이미 신자유주의적 통치 기술은 우리의 몸에 새겨져 있으며, 충실히 그 지배 담론을 이행하며 살고 있기 때문이다. 그렇게 2010년대 초반 힐링 담론은 '아픈 청춘'이라는 현실을 자각하게 하는 한편, 치유라는 이름으로 그 삶을 이어가도록 도왔다.

정서적 휴식을 위한 힐링

이야기한 것과 같이, 2010년대 초반 어른 멘토의 힐링 담론은 생명력을 금방 잃었다. 그러나 '힐링'이라는 단어는 여전히 우리 곁에 남아 있다. 앞서 유행하였던 웰빙보다 더 오래 우리의 입에 오르내리고 있는 셈이다. 힐링이라는 단어의 생명력이 이토록 긴 것은 무엇을 의미하는가. 우리는 왜 여전히 힐링이 필요한가.

힐링 담론이 시작되었던 에세이 분야 도서를 살펴보자. 어른 멘토가 쓴 힐링 에세이 열풍은 2010년대 초반에 한풀 꺾였고, 이후에는 귀여운 캐릭터를 내세우거나 젊은 세대 저자의 경험과 생각을 담은 에세이가 인기를 끌었다. 『빨강머리 앤이 하는 말』(아르

테, 2016), 『곰돌이 푸, 행복한 일은 매일 있어』(RHK, 2018)와 같이 캐릭터 삽화와 함께 감성적이면서도 위안을 주는 문구가 곁들어진 에세이나, 『너에게 하고 싶은 말』(스튜디오오드리, 2021), 『나는 나로 살기로 했다』(클레이하우스, 2022) 등 인터넷 블로그나 SNS에서 네티즌의 공감을 산 인플루언서 혹은 독자층과 같은 세대 작가가 쓴 에세이가 읽히기 시작했다. 유명한 어른 멘토의 존재만 소거되었을 뿐, 힐링 에세이는 여전히 출판 시장에서 큰 인기를 끌고 있는 셈이다.

에세이 분야에서만 힐링이라는 단어가 출몰했던 것은 아니다. 연구자 김은준은 한국 사회에서 문화적으로 작용하는 힐링의 의미는 근본적 치료보다 일시적 위로에 가깝고, 심리적 차원에서 출발한 듯 보이지만 실상은 매우 경제적 관점에서 사용되고 있다고 주장했다. 실제로 힐링 담론이 주목받던 당시, 삼성경제연구소의 보고서인 「힐링을 힐링하다: 힐링열풍의 배경과 발전방향」(2013)은 멘털케어, 요가·명상, 에스테틱 스파 등 힐링 비즈니스가 하나의 산업으로 정착했다는 사실에 주목한다. 경제적 어려움과 더불어 한국 사회 전반에 대한 불신과 불안도가 높아짐에 따라, 대중이 정신과 신체 치유 효과가 있는 서비스와 제품에 관심을 보이는 소비 트렌드를 읽어낸 것이다.

신윤천은 「웰빙의 새로운 진화 '힐링 브랜드'」(2013)에서 '자연주의'와 '느림의 여유'로 힐링 트렌드를 정리하였다. 소비자들은 설문을 통해 정신적 치유를 위해 각박한 현실에서 벗어나 여행하거나 휴식을 취하고, 친구·연인·가족과 시간을 보낸다고 답하였다. 즉, 힐링 담론이 정점을 찍던 당시 이미 대중은 전문가의 조언이나 조력이 아닌 자연 치유의 개념으로 힐링을 이해하는 경향이 강했다.

2010년대 초 이후 대중은 근본적인 치료가 아니라, 마음의 평온이나 스트레스 해소와 같은 평범한 휴식을 힐링이라는 경제적 상품으로 이해하고, 특정 상품과 서비스의 구매 및 체험으로 단발적이고도 일시적인 해소를 경험하리라 기대했다. 특히 정신적 여유와 자유, 그리고 이제는 찾아보기 힘든 자연이라는 이상향의 공간에서 쉼을 얻는 것이 힐링 작용이라 생각했던 것이다. 힐링은 제품과 서비스를 매개로 휴식과 행복을 피상적으로 보여주는 거대한 산업이었다. 힐링 산업을 유지하기 위해서는 소비자, 즉 치유가 필요한 '환자'가 지속적으로 양산되어야 했다. 아픈 청춘은 힐링 담론이나 산업이 타기팅한 중요한 소비자의 하나일 뿐이었다.

　이 시기 힐링 담론을 설명하면서, 청년 세대 사회·문화 비평가인 김민섭은 『거짓말 상회』(블랙피쉬, 2018)에서 "청년은 (…) '보살핌을 받아야 하는 존재'가 되었고, '스스로를 계발해야 하는 존재'가 되었다"고 서술했다. 자력으로는 일어날 수 없는, 치유가 필요한 환자가 된 아픈 청춘들에게 사회적 보살핌과 자기 계발의 언어가 주어졌고 그렇게 "우리 사회는 청년이라는 한 세대의 권력을 완전히 무너뜨렸다"고 설명하기도 했다. 우리가 주목해야 하는 대목은 그다음이다. 그는 "그동안 누구도 눈물을 닦아준 일이 없었기 때문"에, "놀랍게도, 청춘들은 고작 그것에 위로받았다"고 말하기도 했다.

　청년들이 단순히 유명한 어른 멘토의 수사나 기업 마케팅에 속아 넘어갔다고 말하기에는 설명이 부족하다. 청년들은 자신들의 처지와 사회 구조적 문제를 잘 파악하고 있었다. '헬조선'과 '수저 계급론'을 논하는 그들의 반응에서도 확인할 수 있듯이 말이다. 힐링의 수사가 진정한 치유와 행복을 가져다주지 못함을 알고도 그 말들에 반응한 것은, 아주 잠깐이라도 위로받을 수 있었기 때문이 아닐까. 이를 두고 자신을 아픈 존재라 인식하고 연민에 빠져 허우적거리는 것이라 진단할 수도 있겠다. 그러나 누군가에게 연민의 감정을 느낄 시간과 공간을 허락하지 않는 사회에서, 힐링 산업은 청년 세대만이 아닌, 현대를 사는 누구에게나 유효한 서비스가 되었다.

그리하여 힐링은 사랑을 통한 물질적 보상을 의미하는 '유유자적'과 정서적 보상을 의미하는 '부둥부둥' 등으로 표현할 수 있다. 그리고 이는 행복의 한 형태를 연상하게 하는 파편화되고 단발적인 감정을 불러일으키는 것이 되었다. 찰나의 위로와 여유를 부여하는 이 거대 산업은 곳곳에서 피어올랐다. 동시대 사회적·문화적 흐름을 기민하게 받아들이고 표현하는 웹소설에도 이러한 감성이 담긴 콘텐츠가 등장했다. 웹소설의 '힐링물'은 힐링을 희구하는 독자들을 위한 작품군이다. 당장 웹소설 플랫폼에 '힐링'을 검색하면 다양한 작품을 접할 수 있다. 자연에서 노닐며 쉼을 즐기거나, 뚜렷한 목적의식 없이 소일거리를 하면서 만족감을 느끼는 주인공이 등장하는 소설 작품이 이 카테고리에 속한다.

대놓고 힐링을 표방하진 않더라도, 각박한 삶에 지쳐 여유로운 생활을 추구하는 인물 유형은 쉽게 찾아볼 수 있다. 복잡한 사건에 휘말리지 않으려 세상을 관망하거나, 자신의 영혼이 지쳤음을 토로하는 무기력한 주인공은 힐링이 필요한 지친 현대인을 대변하는 듯하다. 그러나 힐링은 안타깝게도 거저 얻어지지 않는다. 적어도 웹소설 독자의 흥미를 끄는 서사가 되기 위해서는 다양한 사건과 갈등이 발생하고, 주인공은 그것을 해결하는 과정을 반복하기 마련이다. 다른 장르에 비해 사건 발생과 해결의 시간적 흐름과 긴장감이 다소 느슨할지는 몰라도, 구조적으로는 힐링물도 갈등과 해결의 꼴을 취한다.

결국 힐링의 시간과 공간을 얻으려 주인공은 자신의 능력을 이용해 여러 개의 미션을 통과한다. 그런데 지금의 웹소설 주인공이 얻는 것은 대부분 부귀영화다. 넘쳐 나는 돈과 모두가 우러러보는 사회적 지위, 화목하고 사랑이 넘치는 가족, 배타적이고 독점적인 연인의 사랑 등, 현대 사회에서 개인이 자기 계발을 통해 얻을 수 있을 것이라 속삭이던 그 모든 것 말이다. 웹소설은 우리가 추구했던 것들이 의심할 여지 없이 행복을 가져다주는 것이라는 확인 메시지를 전달함으로써 우리를 힐링한다.

이처럼 힐링은 근본적 치료가 아닌, 단발적인 마

음의 안정과 스트레스 해소를 겨냥한 비즈니스 산업의 일환이었다. 힐링의 이러한 특징은 일부 웹소설에도 배어들었다. 앞으로 살펴볼 육아물도 마찬가지다. 친밀한 가족 관계를 매개로 한 정서적 보상형 서사의 시작과 이후 육아물의 변화를 살펴보는 데 힐링은 매우 중요한 비평적 키워드다.

육아물을 읽는 방법

3

로맨스판타지와 육아물

이 책에서 다루는 육아물은 로맨스판타지의 형성 및 성장 과정과 긴밀하다. 따라서 로맨스판타지의 형성에 대해 먼저 짚어보겠다. 로맨스판타지 관련 연구물에서는 장르의 시작점을 '조아라' 공모전이 처음으로 개최되었던 2015년 전후라 여긴다. 또한 장르의 서사적 특징으로는 로맨스 문법을 적극적으로 활용한, 판타지 세계에서의 여자 주인공의 활약을 꼽는다. 이때 로맨스는 일반적인 연애 서사라 일컬을 수도 있겠지만, 여기서는 현재 웹소설 시장에서 '(현대)로맨스'라 일컫는 특정 장르로 한정하여 설명하겠다. 앞서 살펴보았듯 로맨스는 할리퀸에서 출판한 '할리퀸 로맨스'에 뿌리를 두며 한국에는 1980년대에 유입되었다. 1996년 '할리퀸'의 공식 라이선스를 획득한 '신영출판사'(당시 이름)에서 공모전을 열며, 공식적으로 한국 로맨스 소설 및 작가가 배출되기 시작했다. PC 통신, 인터넷 게시판, 웹소설에 이르기까지 로맨스는 디지털 웹 환경에서 창작되고 읽힌 다른 장르와 영향을 주고받았다. 나아가 로맨스판타지는 로맨스 문법을 활용한 판타지 작품이 늘면서 탄생한 장르다.

　다만, 김휘빈이 『비주류 선언』(요다, 2019)에서 「판타지가 로맨스를 만났을 때」를 통해 설명한 것처럼, 로맨스판타지는 2005년에 장르로서 기능했다. 김휘빈은 로맨스판타지가 '연애 요소가 등장하는 판타지'라는, 지금의 정의보다 훨씬 광범위한 형태의 작품군을 일컫는 것이었다가, 2009년에 지금과 같은 형태가 되었다고 설명한다. 초창기에 로맨스판타지라 불렸던 소설은 성별과 상관없이 연애 요소가 있는 작품군이었는데, 시간이 흐르면서 로맨스 문법을 적극적으로 사용하고 여자 주인공이 서사의 중심인 작품군으로 바뀌었다는 것이다. 특히 이 작품군은 '로맨스판타지', '판타지로맨스', '로맨틱판타지' 등으로 혼재되어 일컬었으나, 2015년 '조아라'의 공모전 개최와 카테고리화를 통해 '로맨스판타지'로 통칭되었다.

육아물에 대한 본격적인 연구물로, 안상원의「모험서사와 여성혐오의 결합과 독서 욕망: 웹소설 로맨스판타지 장르에 나타난 성장물의 양가성」(2021)을 우선 살펴볼 필요가 있다. 안상원은 육아물 대신, ‘성장물’이라는 단어를 사용하였는데, 이는 2016년 이후 창작된 작품에서 ‘육아’, ‘힐링’, ‘(새) 가족 찾기’ 등으로 변주되는, 어린 여성이 영웅으로 자라나는 모험 서사의 변형을 통칭하기 위함이다. 이 글에서 눈여겨보아야 할 부분은 육아물의 플롯에서 ‘여성 혐오적’ 요소를 발견할 수 있다는 주장이다. 먼저 안상원은, 육아물을 주인공이 낯선 이세계에서 살아남기 위해 감정 자본 및 자신만 알고 있는 지식을 활용해 (새로운) 가족을 형성하고, 무조건적인 사랑을 받으며 자기 능력을 증명한다는 플롯으로 정리한다. 그런데 이 과정에서 영유아 주인공이 자신의 귀여움을 강조하며 미래에 관한 지식을 활용하고, 이에 남성 가족 및 친밀한 공동체가 무조건적 지지를 보내며 ‘딸 바보’로 초점화되는 대목이 ‘여성 혐오적’이라 밝힌다. 주인공이 미래에 관한 지식이나 대단한 능력을 지니고 있어도 남성 가족이 허락해야 사용할 수 있다는 것, 끊임없이 귀여움을 어필하는 과정에서 영유아 주인공의 수난이 관음적으로 강조될 가능성이 있다는 것, 이 과정에서 나타나는 평면적인 '어린이-여성' 재현 방식이 문제가 될 수 있다는 점 등을 꼬집는다.

안상원의 논의는 육아물의 사회적 작용, 특히 2010년대 초반부터 형성된 딸 바보 아버지 및 정상 가족 이데올로기와 젠더 규범 재생산 문화 측면에서 작품을 읽는다면 충분히 귀 기울일 만하다. 그러나 육아물을 읽고 쓰는 이들이 어느 지점에서 작품에 공명하고 감정을 드러내는지에 따라 달리 해석할 수도 있다. 가령, 안지나는 『어느 날 로맨스 판타지를 읽기 시작했다』(이음, 2021)에서 특정 작품의 작가가 부모의 불화를 견디기 위해 육아물을 쓰고 있었으나 결국 부모의 이혼으로 전학을 가게 되어 그만 쓰게 되었다는 일화를 소개한다. 덧붙여 웹소설, 로맨스판타지는 작가 스스로 상처를 치유하기 위해 글을 쓰고, 댓글로 비슷한 사정을 공유하며 동시대 독자와 함께 호흡하고 있음을 깨달았다고 고백한다.

로맨스판타지가 '관계성'을 중심으로 하는 장르라면, 이는 "여성이 관계 지향적이라는 사회적 통념을 증명하는 것"이라기보다, 그와 관련된 스트레스와 사회적 압력을 서사화하여 보여주는 것이라고 안지나는 주장한다. 따라서 로맨스판타지 주인공의 애교는 가부장제 사회와 부성애에 대한 냉소적이고 건조한 인식에서 나타난 것이라 밝힌다. 가부장에게 철저하게 종속되는 딸만이, 아버지의 사랑과 안정, 행복을 얻을 수 있음을 보여준다는 것이다. 이융희는 『웹소설을 가르치고 있습니다』(요다, 2023)에서 육아물이 "언제 어디서 목숨을 잃을지 모른다는 절박함, 그리고 세계가 날 위협하고 있다는 험난한 현실을 전제"로 한다며, "정서적 연결과 감정이라는 무기를 적극적으로 활용해 자신의 세계를 안전하게 구성하고자 노력하고, 안전한 시스템이 갖춰진 세계를 열망하는 소설"이라 설명한다.

흔히 이야기하듯 웹소설이 '대리만족'과 '사이다(갈등 해소)'의 서사로 이루어졌다면, 육아물의 구조와 표현 방식을 살피는 데 그치는 것이 아니라 독자가 그것을 어떻게 받아들이고 감정을 충족시키는지 주목하지 않을 수 없겠다. 앞선 글을 토대로 살펴본다면, 육아물의 문법은 가족 간 친밀성, 특히 '사랑'이라는 감정을 매개로 자신의 안정을 추구하려는 독자의 욕망이 반영된 것이다. 이러한 관점에서 우리는 육아물의 구조와 표현 방식을 새롭게 이해할 필요가 있다.

육아물 구조와 표현 방식

　육아물에는 '사랑은 많이 얻을수록 좋다'는 정서가 흐른다. 이를 위해 여자아이의 수난은 필수가 되었으며, 노골적으로 변하기도 했다. 안상원이 육아물에서 그리는 영유아의 수난이 관음적으로 강조되는 것에 우려를 표한 이유는 여기에 있다. 육아물의 독자는 수난 끝에 행복을 찾은 아이의 웃음을 낭만적으로 소비하기 때문이다. 영유아의 수난 장면은 앞으로 작품에 등장할 행복한 모습과의 괴리감과 낙차를 더욱 크게 만든다. 즉, 가족 간의 사랑과 안정을 얻은 주인공의 행복을 바라보는 독자의 쾌감을 증폭시키는 것이다.

　주인공의 수난과 불행을 서두에 제시하고 뒤이

어 나타날 (애정에 기반한) 행복을 기대하게 만드는 기법은, 로맨스의 전형적인 문법 중 하나라고도 할 수 있다. 여기서 질문할 것은, 여자 주인공의 수난이 불러오는 효과는 더 큰 행복을 선사하는 것에 그치는가이다. 낭만적이고 극적인 구원의 플롯에 숨은 자기 인식과 연민의 감정을 여성 독자와 작가가 암묵적으로 공유한다는 것은 과한 해석이 아닐 것이다.

이처럼 그동안은 로맨스, 로맨스판타지, 육아물에서의 주인공을 향한 '애정 공세'라는 서술상의 행위와 구도에 집중하여 비판해왔다. 그러나 여기서는 이전의 접근과 조금 다르게, 이러한 서사가 등장하게 된 문화적·사회적 배경에 주목하며 육아물이 창작되고 열렬하게 읽힌 까닭을 살펴볼 것이다. 그리하여 서술에 나타나는 애정 공세가, 단순히 멋있는 캐릭터로부터 사랑받는 즐거움에서 그치는 것이 아니라 사랑받을 수 있는 자격에 대한 문제와 결부된 자기 연민의 서사로서 육아물이 변화되는 과정을 짚어볼 예정이다.

앞서 소개한 안지나의 책에서 또 하나 주목할 점은, 육아물을 포함한 로맨스판타지에서 아버지의 비중이 눈에 띄게 늘었다는 대목이다. 한국 대중문화에서는 '나쁜 남자'가 매력적이라는 인식이 지속되었으나, '가스라이팅', '그루밍', '데이트 폭력', '안전 이별'이 일상어가 된 2010년대 중후반에는 그게 어려워졌다는 것이다. 대신 성(性)적 긴장 관계가 사라지고 나쁜 남자인 아버지가 등장했다고 주장한다. 초창기 육아물부터 2018년까지의 작품을 살펴보기 전에 질문을 하나 던지고 싶다. 정말 성적 긴장 관계가 사라졌을까? 물론, 안지나의 주장과 같이 작품에서 나쁜 남자인 아버지는 딸과 가족 외의 관계를 맺을 수 없는 존재, 즉 '관상용'으로 존재한다. 주인공은 아버지를 연애 상대로 보지 않고 나쁜 남자인 아버지 역시 동일하다. 이렇게 보면 나쁜 남자는 가족이라는 건전한 울타리 안에 안전한 형태로 속박된 듯하다.

그러나 한편으로는 여전히 주인공과 아버지가 서로를 유일무이한 대상으로 여기고 매력을 느끼기도 한다. 특히 아버지와 딸은 누구도 끼어들 수 없는 관계로 그려진다. 그리고 이런 애정 어린 관계는 로맨스가 이상적으로 여기는, 배타적이고 독점적인 사랑의 모습과 무관하지 않다. 특히 2020년대인 지금도 나쁜 남자는 로맨스 문법을 사용하는 모든 이야기에 매력적인 캐릭터로 등장하는데, 그가 나쁘기는 하지만 어떤 면에서 여자 주인공에게는 안전하다는 증거와 단서를 많이 심어놓기 때문이다. 나쁜 남자가 아버지로, 혹은 남자 형제로 둔갑하는 것도 그러한 단서라고 본다면, 육아물은 로맨스의 다른 여러 이야기처럼 다양한 남성 캐릭터를 거느리는 이야기를 변형시킨 것으로 해석할 수 있다.

물론 모든 육아물이 아버지와 남자 형제를 독점적이고 배타적인 사랑의 변주로만 그리지는 않을 것이다. 그렇지만 로맨스판타지는 어떤 관계에서든 이러한 사랑 방식을 가장 이상적으로 표현하며, 육아물처럼 주인공이 사랑을 얻는 것이 주된 목적인 장르에서는 그런 사랑을 보여주는 인물이 주변에 다수 있다.

사실 가족의 애정은 물론 상대방으로부터 얻은 신뢰를 바탕으로 다양한 이득을 취한다는 모티프는, 육아물이나 로맨스, 로맨스판타지를 넘어 다른 웹소설 장르의 플롯에서도 쉽게 확인할 수 있다. 남성향 판타지 대표작을 떠올려보자. 재능 있는 동료의 마음을 얻어 '파티(party)'를 구성하거나, 능력 있고 힘 있는 권력자의 마음에 들어 든든한 지원을 받는다는 내용처럼, 이익을 얻게 되는 타인과의 정서적 소통 또한 주인공의 재능으로 왕왕 그려진다. 즉, 정서적 소통과 친밀함을 기반으로 능력을 얻는다는 것은, 관계성에 초점을 맞춘다고 알려진 여성향 웹소설에만 국한되는 이야기는 아니다.

에바 일루즈는 『감정 자본주의』(돌베개, 2010)에서 친밀성이나 관계성과 같은 사적·정서적 영역이 여성의 것으로, 공적·경제적·합리적 영역이 남성적인 체제로 간주되어온 이분법적 분류가 희미해지면서 '감정 자본주의'가 생겨났다고 주장한다. 감정 자본주의는 감정 영역과 경제 영역이 서로에게 영향을 주는 문화다. 경제 행위의 본질적인 측면과 함께, 경제적 관계·교환 논리가 감정을 구성한다는 것이다. 에바 일루즈는 자신의 여러 저서에서 감정과 경제가 분리되지 않는 20세기 이후 미국 문화를 다양한 각도로 분석한다. 이러한 감정 자본주의 문화는 미국만의 것은 아니며, 한국의 일상과 그를 표현한 여러 콘텐츠에서도 발견할 수 있다. 앞에서 소개한 것처럼, 웹소설에서 종종 표현되며 주요한 플롯으로 이용되는 감정과 경제의 결합처럼 말이다. 특히나 육아물은 이를 가장 노골적으로 보여준다.

지금까지 육아물은 주인공의 행동, 즉 '사랑'이라는 감정을 매개로 이익을 얻으려는 것에 초점을 맞추어 논의되었다. 현대의 웹소설 판타지 주인공은 현실과 동떨어진 가상 인물이 아닌, 그 장르의 독자이기도 하다. 바꿔 말하자면 주인공은 독자를 비추는 거울과도 같다. 따라서 여기서는 주인공의 행동에 집중하기에 앞서, 왜 그렇게 행동하게 되었는지 고민해 보려 한다.

한 가지 기억할 것은, 육아물은 다른 장르와 다르게 장르의 시작점이라 부를 수 있는 작품이 존재한다. 2012년 9월, '조아라'에서 연재를 시작한 윤슬의 〈황제의 외동딸〉이 그것이다. 이 작품은 로맨스판타지라는 장르의 톤과 스타일을 형성하는 데 기여했을 뿐만 아니라 웹툰화한 작품도 상업적으로 큰 성과를 보이며, 지식재산권(IP)으로서 웹소설의 가치를 입증하였다. 〈황제의 외동딸〉을 시작으로 다양한 육아물이 창작되었고 지금까지 꾸준하게 독자의 사랑을 받고 있다.

당연히 육아물의 본격적인 비평은 〈황제의 외동딸〉을 분석하는 것에서 시작한다. 장르와 관계를 맺는 여러 주체의 영향으로 장르적 문법은 조금씩 변화한다. 〈황제의 외동딸〉을 시작으로 이후에 등장한 작품을 견주어보면 그 변화를 발견할 수 있을 것이다. 무엇보다 동시대에 힐링의 함의를 반추한다면, 육아물이자 힐링물인 장르의 변화를 쉽게 이해할 수 있을 것이다. 평화로운 일상을 그리며 독자로 하여금 휴식과 정신적 치유를 선사하는 것만 같던 초창기 육아물이, 어떻게 어린 나이에 성장을 이룩하는 이야기로 변해갔는지 말이다. 이러한 배경지식을 바탕으로, 로맨스판타지 육아물을 다각도로 비평해보자.

육아물 비평

4

로맨스 문법과 힐링 전략

윤슬의 〈황제의 외동딸〉은 포털사이트 '네이버'에서 '웹소설'이라는 이름을 사용하기 전 이미 독자에게 많은 사랑을 받은 작품으로, 2013~2014년 종이책으로도 출판되었다. 그리고 2014년 7월, 모바일 애플리케이션 기반의 웹소설 전문 유통처 '카카오페이지'를 통해 유료로 유통되기 시작했다. 같은 해 10월, '기다리면 무료'라는 비즈니스 모델을 도입하면서 '카카오페이지'는 웹소설 시장에 큰 파장을 일으켰다. 인터넷 웹페이지에 업로드되는 만화(웹툰)나 소설은 무료라는 인식을 바꾸면서, 회차별 구매를 통해 콘텐츠를 즐기는 시스템이 정착했다. 당시 몇 작품이 인기를 끌며 주목받았는데, 〈황제의 외동딸〉도 그중

하나였다. 〈황제의 외동딸〉의 2차 저작물인 동명의 웹툰은 2015년부터 '카카오페이지'에 연재되었다. 이때 '카카오페이지'는 인기 웹소설을 웹툰으로 창작한 작품을 '노블 코믹스'라 명명하며 원천 지식재산권 콘텐츠로서 웹소설에 주목했다. 이처럼 〈황제의 외동딸〉은 웹소설 산업에서 중요한 변곡점에 자리매김한 작품이다.

웹소설 시장에서의 괄목할 만한 성과뿐만 아니라, 웹소설과 장르 문학의 연구 측면에서도 〈황제의 외동딸〉은 매우 중요한 위치에 있다. 〈황제의 외동딸〉의 영향으로 로맨스판타지에서 육아물이라는 하위 장르가 탄생할 수 있었다고 해도 과언이 아닐 것이다. 〈황제의 외동딸〉의 설정은 로맨스판타지 육아물의 전형이다. 이 작품의 줄거리를 짧게 정리하자면 이렇다.

현실의 한 성인 여성이 불가해한 일로 다른 세계에서 다시 태어난다. 갓난아기지만 성인의 영혼을 지닌 덕분에, 주인공 아리아드나(리아)는 자식을 원하지 않아 딸을 죽이려고 했던 아버지 카이텔로부터 살아남는다. 피도 눈물도 없는 폭군 카이텔은 리아를 점점 딸로 인정하며 애정을 쏟는다. 그의 주변 인물 역시 리아를 진중하게 보살피고 리아는 행복한 나날을 보낸다.

〈황제의 외동딸〉은 2000년대 판타지가 '아기'와 '육아'를 중요한 소재로 이용하고, 판타지 세계에서 새로운 삶을 시작하는 어린 주인공을 그려내던 상상력을 내포하고 있다. 그러나 여기에 덧붙인 여러 설정으로 인해 독자의 관심과 사랑을 받으면서 '육아물'이라는 하나의 장르로 발전하였다. 덧붙인 설정의 중심에는 주인공의 아버지 카이텔이 있다.

주인공 리아는 아그리젠트의 공주로 태어난다. 갓난아기의 몸이 된 그녀가 전해 듣기로, 카이텔은 전쟁을 일으켜 많은 이를 학살하는 것도 모자라 동침한 많은 여자까지 베어버린 냉혹한 인간이다. 과연, 카이텔은 제 딸의 목을 틀어쥐고 무섭게 쳐다보기만 한다. 처음으로 마주한 아버지를 바라보며 겁먹은 리아는 울음을 터뜨리지 않기 위해 꾹 참는다. "이것이 미친 폭군과 그의 외동딸의 첫 만남이었다."(1화) 그런데 딸에게 적대적일 것만 같던 카이텔은 친히 딸의 이름을 지어주고, 리아를 자신의 궁으로 옮겨 자주 찾는다. 어느 날, 유모와 함께 산책을 나온 리아는 카이텔의 후궁 중 하나인 페일린 공주를 만난다. 페일린은 억지로 리아를 안으려고 하지만, 딸의 울음소리를 듣고 나타난 카이텔에 의해 저지당한다. 페일린을 내쫓은 카이텔은 리아를 소중하게 받아 들며 그녀를 "내 따님", "우리 공주님"(5화)이라 지칭한다.

이 소설은 초반부터 로맨스 문법을 능숙하게 사용한다. 리아의 1인칭 시점으로 서술되지만, 카이텔이 리아에게 큰 애정을 지니고 있음을 다양한 방식으로 독자에게 알린다. 그리고 페일린 공주와의 에피소드를 통해 독자는 확신을 얻는다. 페일린 공주에게 괴롭힘당하는 리아를 구하고, 리아를 딸이 아닌 "내 것"(8화)이라 지칭하는 대목에서 카이텔의 집착적인 애정을 발견할 수 있다. 이러한 형태의 플롯과 인물의 행동 양식은 로맨스 독자에게 매우 친숙하다. 위기에 처한 주인공을 구하는 것, 혹은 경쟁 상대에게 주인공을 자기 것이라며 엄포를 놓는 클리셰 말이다.

무엇보다 카이텔이 겉으로는 툴툴거리고 리아를 괴롭히는 것 같지만, 결정적인 순간에는 보호한다는 점에서 로맨스에서의 나쁜 남자 유형을 떠올리게 한다. 독자가 카이텔을 나쁜 남자로 인식하는 순간, 그의 모든 행동은 더 이상 위협적이지 않다. 게다가 카이텔은 상처 많은 나쁜 남자다. 이야기가 전개되면서 폭군으로 알려진 그가 사실은 복수심과 자기혐오로 가득한 사람임이 밝혀진다. 카이텔은 자신을 배척하고 목숨을 위협한 가족에게 복수하기 위해 반역을 일으킨 것이며, 황위에 오르고 나서는 오히려 선대 황제가 파탄낸 국고를 채우고 제국의 숙적을 처단하기 위해 전쟁을 일으켰다는 것이다. 즉, 그는 어린 날의 상처 때문에 사랑을 알지 못한 채 성장한 로맨스의 나쁜 남자다.

그런 카이텔에게 사랑을 가르치는 이는 리아다. 환생했다고는 하나 아버지인 카이텔은 로맨스의 전형적인 남자 주인공 역할과 비슷하고, 딸인 리아는 여자 주인공의 역할과 비슷하다는 사실에 독자는 혼란스러울 수도 있다. 카이텔의 명으로 거처를 황궁으로 옮긴 리아는 자객과 조우한다. 다행히 카이텔이 리아를 구하고, 리아는 카이텔이 자신의 아버지이자 유일한 보호자임을 새삼 깨닫는다. 놀라서 울음을 터뜨린 리아가 겨우 진정될 즈음, 카이텔은 딸이 흘린 눈물을 손으로 훔치고 그것을 핥는다(12화). 초기 연재의 댓글은 확인할 수 없지만, '카카오페이지'의 댓글을 살펴보면 카이텔의 행동을 '부성애라 말하기는 어렵다'라거나, '딸이라면 그럴 수 있다' 등 어떻게 해석해야 할지 혼란스러워하는 반응을 확인할 수 있다.

이 에피소드만이 아니다. 자객으로부터 딸을 보호하기 위해 카이텔은 리아와 잠자리에 들기로 하는데, 성인 여성의 영혼을 지닌 리아는 그 사실이 부끄럽기만 하다(13~14화). 카이텔은 잘생겼을 뿐만 아니라 몸매도 좋다. 리아는 흐트러진 채로 아침을 맞이하는 카이텔을 보며 '섹시하다'라거나 '색기가 넘친다'라고 표현하기까지 한다(16화). 가장 능력 있고 매력 넘치는 남성 캐릭터를 엿보며 즐거워하는 리아의 시선에서, 독자들은 작가가 만들어낸 새로운 관계성에 점차 익숙해진다.

육아물의 새로운 관계성을 이해하고 받아들여야 그 묘미를 느낄 수 있는 것이다. 카이텔과 리아는 로맨스의 남자 주인공과 여자 주인공, 그리고 아버지와 딸의 역할을 동시에 수행하며 매우 특수한 관계를 형성한다. 그런데 이 아버지와 딸은 종래의 가부장제 관계와 다르며, 그 특수성은 리아에게 있다. 환생하기 전 리아의 나이가 25세였음을 생각하면, 이 둘은 또래 남녀다. 그런데 리아가 카이텔의 딸이 되면서 둘의 관계는 복잡하게 꼬인다. 둘은 아버지와 딸이기에 연인 관계라 할 수도 없거니와, 리아의 발칙한 시선으로 아버지와 딸의 일반적인 관계도 깨진다.

한편으로, 로맨스 장르가 그렇듯 둘의 관계는 배타적이고 독점적으로 발전한다. 물론 이 관계의 첫 단추는, 리아가 카이텔에게 어떤 영향도 끼칠 수 없는 유약하고 미미한 존재이기에 끼울 수 있었다. 카이텔과 계약한 정령인 드란스테는, 카이텔이 "배신이라는 걸 생각하지 못할 정도로 제(리아에)게 맹목적"(59화)인 존재이기 때문에 리아가 유일하게 그에게 다가갈 수 있고, 궁극적으로 그에게 사랑을 가르칠 수 있다고 예견한다. 드란스테의 예견은 작품 후반부, 10년의 세월을 훌쩍 뛰어넘고 난 뒤에 실현된다. 은둔해 있던 카이텔의 이복형인 시오른은 황위를 되찾기 위해 리아를 납치한다. 카이텔은 리아를 구출하며 위기에 처했을 때, 비로소 그녀에게 "사랑한다, 내 딸"(124화)이라며 자신의 마음을 털어놓는다.

죽음의 위기 앞에서 카이텔은 사랑 따윈 존재하지 않았던 과거를 반추하다가, 삶의 의미를 찾게 해주었던 리아를 떠올린다. "이 세상에서 유일하게 자신을 아빠라고 부를 수 있는 소녀"(126화)라고 지칭하면서 말이다. 리아도 이미 아버지를 향한 자신의 마음을 고백하였는데, 이에 대한 독자들의 반응 역시 흥미롭다. '왜 이 둘은 가족인가', '딸이라고 부를 때 설렌다'(98화 댓글) 등 작품 초반의 혼란스러움은 사라지고 즐겁고도 능숙하게 새롭고도 오묘한 관계를 지켜본다. 특별한 아버지와 딸의 관계는 육아물이라는 로맨스판타지 하위 장르를 이해하고 즐길 수 있는 가장 중요한 요소다.

흥미로운 점은, 카이텔 말고도 로맨스의 남자 주인공이나 조연 역할을 하는 인물이 다수 등장한다는 것이다. 이를테면 리아의 수호 기사인 아시시는, 카이텔과 비슷하게 불우한 가정환경에서 외로워하며 살다가, 이후 카이텔을 위해 전쟁귀로 살며 그 누구도 사랑할 자신이 없었던 인물이다. 아시시 또한 리아를 지키는 임무를 맡으며 치유되고, 연인 혹은 주군에게만 바치는 기사단의 상징을 선물하기도 한다. 리아는 아시시에게, 자신이 "조금만 더 나이가 많았거나, 아시시가 조금만 더 어렸으면 분명"(145화) 그와 결혼했을 것이라고 말한다. 덧붙여 "연민인지 애정인지 사랑인지 가족애인지 인류애인지"(145화) 명명하기 어려운 형태의 감정을 지니고 있음을 밝힌다. 리아의 지위와 나이에 걸맞은 남성 캐릭터는 작품의 중·후반부에 등장한다. 북대륙 제국인 스헤르토헨보스의 차기 성황 후보자 아힌과 아그리젠트의 식민지가 된 남대륙 제국인 프레치아의 마지막 후손 하벨, 이 둘은 실질적인 리아의 남편 후보감으로 그려진다. 그러나 리아의 연애사가 큰 비중을 차지한다고 말하기는 어렵다.

대신 기존 판타지에 나타났던, 새롭게 만난 가족 구성원과의 복잡한 감정과 친밀성의 문제가 이야기의 중심부를 차지한다. 먼저, 리아는 수많은 어머니에게 영향을 받으며 성장한다. 유모 세르이라는 친자식은 친정에 맡기고 황궁에 들어와 갓난아기인 리아를 손수 키운다. 리아는 세르이라의 진심 어린 사랑 속에서 환생 이전에 부모였던 이들의 사랑을 느끼고, 세르이라를 엄마라 부르기 시작한다(25화). 카이텔과 사촌 관계인 시르비아는 리아의 대모가 된다(31화). 그의 남편이자 아그리젠트의 재상인 페르델은 대부이자 가정교사가 되는데, 카이텔과 입씨름을 벌이며 리아에게 아낌없이 사랑을 쏟는다. 세르이라의 아들인 그레시토, 페르델과 시르비아의 아들인 발토르타와 산세바스티안은 리아의 소꿉친구이자 남자 형제와 같은 역할을 한다(이들 역시 피를 나눈 가족이 아니기 때문에, 잠재적인 연애 대상으로 읽히기도 한다).

한편, 리아는 자신을 낳은 친모를 계속해서 의식

하고 궁금해한다. 리아의 어머니인 제르에이나(이젤란)는 아그리젠트 제국에 끌려와 카이텔에게 제물처럼 바쳐진 여러 후궁 중 한 명이었다. 부레티의 왕세녀이자 마녀의 혈통으로 마법을 쓸 수 있던 그녀는, 전쟁으로 카이텔이 부재한 상황에서 리아를 낳고 얼마 지나지 않아 목숨을 잃었다. 〈황제의 외동딸〉의 후반부는 리아의 친모를 매개로 가족을 확장하기 위해 모험하는 내용이다. 성년이 되고 난 이후, 세르이라에게 친모의 유품을 받은 리아는 "전생의 어머니와 죽은 현생의 어머니 모습이 겹쳐"지며 '상실감'을 느낀다(106화). '연애 금지'라는 명목으로 카이텔에 의해 감금당했던 리아는 가출하고, 북제국으로 향하며 외가 식구를 만난다.

종합하자면, 〈황제의 외동딸〉은 주인공 리아가 환생한 이후 새로운 가족을 형성하는 이야기다. 이 새로운 가족은 종래의 '정상 가족'과 다른 것으로, 훨씬 느슨하고 광범위하며 특히 남성 가족 구성원과의 로맨스적 역할 놀이가 가미된 점이 매우 독특하다. 가족 구성원은 모두 주인공을 사랑한다. 그것은 가족으로서의 사랑이기도 하지만, 앞에서 언급한 것처럼 일부는 로맨스 장르에서나 볼 법한 배타적이고 독점적인 형태로 나타난다. 이야기는 각각의 예비 가족 구성원이 주인공을 만나고, 서로에 대한 오해나 부정적 감정을 해소하고 애정을 느껴 상대방을 가족으로 받아들이는 과정으로 이루어진다.

인물 간의 관계, 그중에서도 애정 다툼과 갈등 및 해소로 진행되는 이 작품은 육아물의 가장 중요한 모토를 제공한다. '사랑은 많이 얻을수록 좋다'는 것이다. 다양한 가족 구성원과 사랑을 주고받는 내용으로 이루어진 리아의 일대기는 또 다른 클리셰, 즉 삼각관계나 사각관계 등 다양한 남성 인물과 불분명한 관계를 이어가는 로맨스 서사의 문법을 떠올리게 한다. 리아는 아버지를 비롯한 다양한 남성 (유사) 가족 구성원과 발랄하면서도 살뜰한 관계를 이어가고, 이것은 로맨스판타지 육아물의 주요한 특징으로 자리잡는다.

'카카오페이지'에 연재된 〈황제의 외동딸〉의 댓글을 살펴보면 종종 '힐링된다'는 반응이 있다. 이를테면 21화의 '베스트 댓글'이 대표적일 것이다. 21화에서는 냉정해 보이고 카리스마 있던 페르델이 실은 장난기 넘치고 주접을 서슴지 않는 인물임이 밝혀지고, 아기인 리아를 앞에 앉혀두고 카이텔과 페르델이

티격태격한다. 또한 세르이라가 아기 리아를 보살피며 '잼잼' 놀이를 한다. 큰 사건 없이 아기 리아를 둘러싼 평온한 일상을 보여주는 내용에 대해 독자들은 '힐링이 된다'는 댓글을 남겼다.

이 작품에서 힐링을 유발하는 것은 '유유자적'을 표현하는 내용이다. 현실 육아와 다르게 평온하고 수월한 육아 그리고 아기의 귀여움이 가득할 뿐 아니라, 한 나라의 황제나 높은 귀족 가문 출신의 매력적인 인물들이 주인공 곁에서는 느긋하게 본성을 드러내며 친밀함을 표현한다. 아버지를 비롯한 인물들의 애정은 넘치는 부와 명예로 돌아온다. 사랑의 대가로 모든 물질적·정서적 문제를 해결하는 것은 로맨스의 결말에서 주로 그려지지만, 이 작품은 그것을 초반부에 그려냈을 뿐이다.

〈황제의 외동딸〉은 리아의 1인칭 시점으로 그려지기 때문에 독자의 감정 이입이 용이하다는 점도 주목할 만하다. 작품이 유도한 힐링 전략은 1인칭이라는 시점에 의해, 독자에게 유효타를 날린다. 전생의 기억을 모두 갖고 새로운 세계에서 태어난 리아는, 독자들이 살고 있는 '현실'에서 살던 인물이다. 젊은 여성의 영혼을 지닌 채 작은 아기가 되어 멋진 인물들에게 과도한 애정을 받는다는 것, 특히 사회적 지위가 높은 인물의 (유사) 가족 구성원이 되어 그들의 사랑과 함께 부와 명예를 누린다고 생각하면, (대체로 여성일) 독자는 자연스레 리아에게 감정을 이입하며 특별한 애정 세례에 만족감을 느끼게 된다.

물론 이러한 사랑을 얻기 위해서는 중요한 문턱을 넘어야만 한다. 그것은 '죽음'이다. 리아는 전생에 '묻지 마 살인'의 피해자로, "처음 보는 남자의 무자비한 손길에 제대로 저항 한번 못해보고"(1화) 사망하여 느닷없이 판타지 세계의 황녀로 태어났다. "처음 보는 남자의 무자비한 손길"로 죽음을 마주할 수밖에 없었던 리아는, 태어난 지 얼마 되지 않아 또다시 그 손길을 맞닥뜨린다. 바로 카이텔의 살해 위협이다. 리아는 카이텔이 목을 졸라도 가만히 있는다. 다른 사람은 이를 보고, 혈육이기 때문에 카이텔이 두렵지 않아 울지 않았다고 오해한다. 정작 리아는 카이텔이 두려움에도 불구하고, 그 악명을 익히 들어 알고 있었기 때문에 "이미 태어나자마자 이 생을 포기해서"(1화) 울지 않았다고 말한다. 즉, 자포자기에 가까운 심정이었다.

로맨스와 달리 육아물은 또래 남성이 아닌 아버

지로부터 사랑을 받아야 한다. 이는 무엇보다 주인공의 삶과 죽음을 결정짓는 문제와 닿아 있다. 이 작품에서는 흥미롭게도 그 사랑이, 주인공이 어떠한 행동도 하지 않았기 때문에 주어진다. 이유 없이 살해당했던 주인공은, 새로운 세상에서 이유 없이 사랑받기 시작한 것이다. 더 자세히 이야기하자면 드란스테의 말처럼 리아가 무력하고 한편으로는 (살기 위해) 맹목적이기 때문에 사랑받는 것이다(59화).

(대체로 여성일) 독자는 사회적인 변고 앞에 쉽게 타깃이 되는 무력함을 이해하고 공감한다. 그렇기 때문에 주인공이 아기가 되어 한없이 무력한 상황임에도 오히려 목숨을 부지하고, 아버지의 사랑과 인정을 받는 것에 희열을 느낀다. '사랑받을 자격' 같은 것은 없다. 존재만으로 가치를 인정받는 판타지 세계는 현실에 존재하지 않는다. 그렇기 때문에 작품 속의 '유유자적'과 '부둥부둥'은 더욱 달콤하고 값진 듯하다. (유사) 가족의 사랑은 물론 부와 명예까지 부족함이 없는, 특히 여성으로서 안전한 자신만의 영역을 비로소 구축한다.

무력하기 때문에 죽음을 맞이했던 현실과 다르게, 무력해야 비로소 무한한 애정을 받을 수 있는 아그리젠트라는 판타지 세계. 또래 남성이면서 아버지이기도 한 무자비한 폭군의 위협이라는 관문만 넘어선다면, 그곳에는 무한한 애정과 부귀영화가 기다리고 있다. 위험천만하지만 달콤한 그 세계를 배경으로 한 이 작품은 많은 독자를 매료시켰다. 〈황제의 외동딸〉은 로맨스 장르에서 익히 찾아볼 수 있던 '사랑을 통한 물질적·정서적 보상'을, 가족이라는 형상과 맞물려 증식 가능한 형태로 만드는 것에 성공하며, 로맨스판타지라는 신생 장르의 중요한 축이자 새로운 육아물의 시작점이 되었다.

육아물 문법 변주

〈황제의 외동딸〉을 시작으로, 젊은 여성의 영혼을 지닌 채 자신이 살던 세계와는 다른 곳에서 다시 태어나, 사회적·경제적 지위가 높은 인물들로부터 애정을 받으며 (유사) 가족 구성원으로 부귀영화를 얻는 서사가 대거 등장했다. 로맨스판타지 육아물의 문법이 빠르게 정립되었고, 이 과정에서 〈황제의 외동딸〉과 인물 구성이 비슷한 작품이 여럿 등장했다. 제대로 된 법적 조치가 이루어지지 않은 채 표절 논란만 불거지며, 아버지와의 애정을 필두로 정서적 보상을 다룬 새로운 힐링 콘텐츠는 변주를 이어갔다.

힐링 콘텐츠의 한 종류인 로맨스판타지의 육아물은 〈황제의 외동딸〉에서 발견할 수 있었던 여러 설정을 바탕으로 한다. 아기 주인공의 태생적 귀여움이나, 위험하거나 나쁜 아버지와 매력적이고 명망 높은 인물과의 친밀한 관계에서 얻는 '부둥부둥'의 정서적 보상, 그리고 그들로부터 얻은 부와 명예로 '유유자적'의 가능성을 안전하게 확보하는 것. 이것은 육아물이 만든 힐링 전략이다. 단순히 인물과의 관계, 플롯의 설정만이 아닌 정서적 효과까지 육아물의 문법으로 굳어지기 시작한 것이다.

여기서는 〈황제의 외동딸〉 이후에 출시된 로맨스판타지 육아물을 일별하고자 한다. 〈황제의 외동딸〉이 사용했던 힐링 전략과 육아물 문법의 변화는 빠르게 이루어졌다. 코로나19 팬데믹 직전인 2019년까지 출시된 일부 작품을 살펴보며 그 변화를 추적할 것이다. 다만, 여러 장르적 요소를 흡수하여 창작되는 웹소설의 특성상 로맨스판타지 육아물 역시 '회귀물', '성장물', '경영물' 등 다양한 키워드와 결합한 작품이 대부분이다. 즉, 힐링 전략만을 전면에 내세워 사용한 작품은 드물며, 이러한 작품을 '힐링'이라는 키워드만으로 해석하는 것은 무리다. 따라서 힐링 전략에 집중해 여러 작품의 일부 설정을 분석할 것이다.

〈황제의 외동딸〉 출시 이후, 가까운 시기에 독자

에게 인기를 끌었던 작품이라고 한다면 '조아라'에서 2014년에 연재를 시작한 〈왕의 딸로 태어났다고 합니다〉와 2016년부터 연재된 〈어느 날 공주가 되어버렸다〉를 꼽을 수 있다. 〈왕의 딸로 태어났다고 합니다〉의 주인공은 일반적인 판타지에서 그렇듯 중세 유럽풍 마법 세계가 아닌, 현대 지구의 평행 세계로 보이는 이세계에서 다시 태어난다. 전체 인구 중 소수인 남성은 대부분 강한 마력을 지니고 태어난다. 남존여비(男尊女卑) 사회에서, 주인공 김상희는 자신의 능력으로 불합리한 이세계의 현실을 바꾸겠다고 결심한다. 그리고 그 결심을 이루기 위해 아버지와 남자 형제들에게 애교를 부리거나 고분고분하게 굴고, 현대 지식을 이용해 능력을 인정받아 자신의 입지를 굳힌다. 결국 상희의 귀여운 짓이 여성의 인권 신장에 도움이 되었을까? 판단은 독자에게 맡겨야 하겠지만, 일부 독자는 이에 동의하지 않는 것으로 보인다.

〈왕의 딸로 태어났다고 합니다〉는 육아물의 힐링 전략을 일부 사용하였으나, 2015년 이후 로맨스판타지의 방향성과는 다른 성격의 작품이다. 2015년 유료 연재를 시작한 '카카오페이지'의 댓글에서도 확인할 수 있듯 이 작품은 힐링보다 '병맛'에 초점을 두고 이해해야 한다. 김상희의 1인칭 시점에 이입하여 가혹한 이세계의 질서를 진지하게 받아들이면 경악의 연속일 뿐이다. 차라리 작품과 거리를 두고 우스운 세계라 치부하며 웃어넘기는 편이 낫다. 물론 여성 독자는 쉽지 않을 것이다. 연재 초반 날 선 비판이 댓글에 대두된 것도, 불편함을 감지할 수밖에 없는 독자와 '페미니즘 리부트'라는 사회적·문화적 변화에 의한 것이라 볼 수 있다.

〈어느 날 공주가 되어버렸다〉는 책빙의물로, 주인공이 아버지의 사랑을 독차지하던 제2왕녀 제니트를 독살하려 했다는 누명을 뒤집어쓰고 죽은 어린 왕녀 아타나시아의 몸으로 깨어난다는 설정이다. 원작을 읽었기에 이미 모든 비밀을 알고 있던 아타나시아는 자신의 삶을 보전하기 위해 노력한다. 몇 년 뒤 아버지 클로드 앞에 나타날 가짜 딸 제니트에게 사랑을 빼앗길 것에 대비해 돈을 모으며 도망칠 준비를 한 것이다. 클로드의 관심 밖에 있던 아타나시아는 원작과 다르게 좀 더 일찍 그를 만나고, 평탄한 삶을 도모하기 위해 사랑스러움을 연기한다. 클로드를 비롯한 주변인에게 사랑받기 시작하지만 아타나시아는 그 애정을 순순히 믿지 않는다. (유사) 가족의 사랑을 갈망하면서도 거절당했을 때 실망할 것에 대비해, 주변인의 애정을 애써 부정하거나 모른 척하는 아타나시아의 행동은 독자로부터 연민의 감정을 불러일으킨다. 여기에는 고아로 태어나 생활고를 겪다 스스로 목숨을 끊었던 전생의 사연이 한몫한다. 성실하고 명석한 아타나시아에게 강력한 마법이라는 능력까지 더해지며, 이는 사랑을 원하지만 마음껏 누려볼 생각조차 못하는 기구한 소녀의 억척스러운 면모로 작용한다.

두 작품은 〈황제의 외동딸〉이 구현한 힐링 전략에 웹소설에서 통용되던 다른 문법을 접목하였다. 이를테면 〈왕의 딸로 태어났다고 합니다〉는 주인공의 능력에 관해 판타지에서 통용되던 문법을 주로 이용한다. 즉, 현대 지식(인)은 판타지 세계의 그 어떤 지식보다 우월하고, 그 지식을 지닌 주인공은 부와 명예를 얻게 된다는 문법 말이다. 〈어느 날 공주가 되어버렸다〉는 원작의 팬인 주인공이 비극적 조연이나 단역이 되어 원작의 전개를 얌전히 지켜보려고 하지만, 오히려 세계의 중심이 되는 책빙의물의 문법을 이용한다. 그리고 무고한 여성 인물에 대한 남성 인물의 오해와 해소의 갈등 과정이 반복되는 멜로드라마적 여성 수난 서사의 문법도 적극적으로 사용했다. 그 결과

이른바 '영악함' 혹은 '억척스러움'을 지닌 인물 유형
이 나타났다. 이들은 전생에서 얻었던 경험과 여자아
이의 사랑스러움이라는 좋은 자산을 기반으로, 아버
지와의 안정적 관계를 위해 감정 자본을 활용한다. 그
리고 안전하게 (유사) 가족의 호의를 얻고 사회적 지
위와 부 또한 얻게 된다.

여러 논란에도 불구하고, 두 작품의 대중적 성공
은 육아물의 문법을 지탱하는 힐링의 또 다른 전략을
예고하는 것이기도 했다. 개인이 인적 자본으로 활용
되는 시대, 경제적 안위가 행복한 삶을 유지하는 데 절
대적이라는 시대에, 힐링 콘텐츠가 전달하는 안위는
부귀영화를 누리는 이상향의 이미지를 적극적으로 상
상하고 꿈꾸었을 때 더욱 효과적이다. 이제 육아물이
그려내는 세계는 정서적 보상만이 아닌 물질적 보상
까지 이루어지는 환상을 적극적으로 표현하기에 이르
렀다. 영악하거나 억척스러운 아이들은 감정 자본과
자신의 다양한 능력을 통해, 현실이 아닌 새로운 세계
에서 물질적·정서적으로 안전한 자기 영역을 확보한
다. 〈황제의 외동딸〉의 리아가 여러 식민지를 거느린
아그리젠트 제국의 유일한 후계자인 자신의 위치를
재차 마주하고, 자신이 얻게 된 부와 명예의 문제에 관

해 다소 냉정하게 교육받았던 것과 다르게, 영악하거나 억척스러운 육아물의 주인공들은 자기 능력과 노력으로 보상을 쟁취하여 거리낄 것이 없다.

가장 중요한 점은, '어린아이의 몸은 유리하다'는 것이다. 주인공이 환생하든 빙의하든, 새로 얻게 된 어린아이의 몸은 감정 자본을 효과적으로 이용할 수 있을 뿐만 아니라, 부를 쌓거나 누릴 시간적 여유가 많다. 그래서 육아물에 등장하는 주인공인 어린아이는 더 이상 현실의 아이를 재현한 것이 아니다. '어린아이의 몸'은 판타지 세계에서 물질적·정서적 보상을 보다 원활하게 얻을 수 있는 확실한 수단이며, 그 과정을 독자가 유연하게 받아들일 수 있도록 돕는 근거가 된다. 이 몸을 매개로 독자들은 물질적·정서적 보상의 정당성을 확보하고 대리 만족한다.

미식가 주인공을 내세워 '먹방'을 도입한 〈흔한 영애의 미식 보고서〉(2015년 '조아라' 무료 연재, 2024년 '카카오페이지' 출시)처럼 천진난만한 아기의 귀여움, 다른 인물과의 '케미'를 내세우는 육아물 또한 꾸준히 출시되었다. 그렇지만 육아물은 주인공에게 안전한 (유사) 가족 형성은 물론, 그 가족과 함께 부와 명예를 누린다는 최후의 목표까지 만족시키는 형태로 바뀌어갔다. 다수의 육아물은 주인공이 가족을 형성하고, 가문이 부와 명예를 (재)획득하는 과정을 보여주며, 현대 사회 독자의 주된 욕망인 화목한 가정, 모자람 없는 부, 높은 사회적 지위, 영원한 사랑을 어린 아이의 몸으로 획득하는 과정을 그려낸다. 이때 어린 아이의 몸은 현실의 꿈을 이루는 중요한 근거가 된다.

웹소설 산업은 물론 로맨스판타지가 성장했던 2010년대 후반에는 다양한 육아물이 등장하였다. 〈레이디 베이비〉(2017년 '카카오페이지' 출시)는 회귀물로, 주인공 칼리오페는 아기가 되어 무고한 죽음을 맞이한 가족들과 재회한다. 가족을 지키겠다는 결의에 찬 것과 다르게 아기의 몸으로 돌아간 칼리오페는 한없이 무해하고 귀엽다. 조숙한 칼리오페는 새로운 인연을 만들어가고, 자신의 능력을 통해 가족을 위험에 빠뜨렸던 흑막을 찾아내 미래를 바꾼다. 〈막내 황녀님〉(2018년 '카카오페이지' 출시)의 주인공 에니샤는 마도왕국의 가장 강력한 마법사였으나 어느 순간 히페리온 제국의 귀한 막내딸이 되었다. 에니샤는 자신의 감정 자본을 이용해 황제는 물론 쌍둥이 형제의 관심을 한 몸에 받는 것도 모자라, 기상천외한 '주접'마저 받게 된다. 에니샤를 향한 가족들의 애정 공세는 제국과 왕국을 송두리째 흔들 정도로 강력한데, 이는 그들이 가진 막대한 부와 강한 권력을 과시하는 것이기도 하다.

2018년 '카카오페이지'에서 출시된 〈나는 이 집 아이〉와 〈괴물 공작가의 계약 공녀〉는 과거에 가족에게 학대받았던 어린 주인공이, 존귀하고 부유하며 다정하기까지 한 새로운 가족을 만나는 이야기를 다룬다. 〈나는 이 집 아이〉의 에스텔은 성매매하는 어머니 밑에서 학대받고 자랐으나, 고귀한 마족의 혈통을 이은 카스티엘로 공작가의 아이이기도 하다. 고귀한 마족의 혈통 때문에 검은 머리에 붉은 눈을 가진 카스티엘로 사람들과 다르게, 허니 블론드 색 머리와 분홍 눈을 가진 에스텔은 보기 드문 '섞인' 아이로, 혈족의 약점이자 강점이 된다. 에스텔의 개성은 가정 학대를 견딘 여자아이의 가련함과 교차되며, 독자들의 마음에 애틋함을 불러일으킨다. 〈괴물 공작가의 계약 공녀〉는 자식 중 하나를 후계자로 삼고 나머지는 제물로 삼아 불구덩이에 밀어 넣는 잔인한 스페라도 후작가의 차녀, 레슬리가 주인공으로 등장한다. 친언니인 엘리를 빛내기 위해 살다가 불구덩이에서 죽을 뻔한 레슬리는 자신이 가진 어둠의 힘을 담보로, '괴물 공작’이란 별명을 지닌 셀바토르 공작과 계약 모녀 관계를 맺는다. 레슬리는 새로운 가족을 직접 찾아 나서며 강한 어머니와 다정한 가족을 얻고, 스페라도 가문에 통쾌한 복수를 한다.

한편, 2019년 ‘카카오페이지’에서 출시된 〈이번 생은 가주가 되겠습니다〉와 〈아기는 악당을 키운다〉는 육아물이 지향하는 성장형 서사의 정점을 보여준다. 〈이번 생은 가주가 되겠습니다〉는 개국공신 명문가인 롬바르디의 사생아로 환생한 피렌티아가 능력 없는 사촌들에 의해 몰락한 가문을 다시 일으킨다는 내용이다. 회귀한 피렌티아는 롬바르디의 실권자인 할아버지의 비호를 받고, 과거의 기억과 영특한 두뇌를 통해 병에 걸려 사망할 아버지를 비롯해 앞으로 몰락할 위기에 처할 롬바르디를 구한다. 〈아기는 악당을 키운다〉의 주인공 르블레인은 고아원 출신으로, 신전에 의해 ‘운명의 아이’로 명명되어 귀족 명문가로 입양된다. 입양 후 운명의 아이가 아님이 밝혀지면서 가족들에게 학대받는 삶을, 거듭 회귀한 탓에 세 번이나 겪는다. 인생 4회차, ‘악당 중의 악당’이라는 듀블레드 공작가로의 입양을 선택한 르블레인은 자신은 물론 가족의 슬픔과 진실을 되찾음과 동시에 가문의 부유함과 권세까지 얻는다.

로맨스판타지 육아물의 문법은 힐링 전략에서 시작된다. 독자들은 현실에서 벗어나 환상적인 새로운 세계에서 낯선 삶을 살게 될 여자아이가 새로운 가족(관계)을 형성하고, 물질적·정서적 보상을 얻게 될 것을 기대한다. 어떤 수난을 겪든 보상받게 될 그 작은 몸은 보상을 얻을 수 있는 중요한 수단이자 서사의 인과관계를 설명한다. 영악하거나 억척스러운, 어린 주인공들의 모험은 '힐링-성장' 전략으로 독자의 관심을 끌었다.

2019년 이후 코로나19 팬데믹으로 인한 사회 구조의 변화 속에서 웹소설 산업은 더욱 크게 성장했고, 작품 수가 많아진 만큼 다양한 육아물이 등장했다. 코로나19 팬데믹을 경유한 이후 육아물의 서사는 어떻게 달라졌을까? 그리고 앞으로의 육아물은 어떻게 달라질까? 로맨스와 로맨스판타지라는 장르의 특성, 힐링 전략이 지닌 물질적·정서적 보상의 소망이 복합적으로 뒤엉킨 맥락을 기억하며 접근한다면 새롭게 읽어낼 여지가 있을 것이다.

맺음말
힐링으로 읽는 육아물의 미래

로맨스판타지 육아물은 인접한 다양한 장르의 문법 속에서 그 모습을 드러내기 시작했다. 앞에서 살펴봤던 것처럼 '아기'와 '육아'를 주요 소재로 이용하고 판타지 세계 속 새로운 삶을 시작하는 어린 주인공을 상상하던 판타지 문법, 그리고 아버지와 딸의 관계에 로맨스 문법을 적극적으로 이용한 〈황제의 외동딸〉과 같은 작품이 주목받게 된 것이 육아물의 시작점이다.

육아물은 아버지를 비롯한 다양한 인물과의 로맨틱한 역할 놀이 속에서, 주인공이 이전에는 갖지 못했던 정서적 보상을 얻는 한편 이 서사를 읽는 독자에게는 힐링 효과를 불러일으킨다. 이는 곧, 힐링만이 아닌 물질적 '성장'을 중요하게 여기는 형태로 나타나기도 했다. 이것은 힐링의 '유유자적'을 가능케 하는 재원을 추구하는 것이기도 한데, 육아물의 주인공이 가진 '어린아이의 몸'은 그 재원을 획득하고 누릴 수 있는 최적의 수단이자 정당한 근거로 여겨졌다.

서두에서 언급했던 것처럼 로맨스판타지는 동시대 여성 독자의 염원을 그려내는 장르다. 다양한 여성 인물이 등장하고, 적극적으로 행동하며, 마침내 사랑도 얻고 염원도 이루며 성공하는 이야기에서, 우리는 그 시대의 감성을 읽을 수 있다. 로맨스판타지의 중요한 축을 이루는 육아물은 힐링을 내세운다. 아이를 둘러싼 귀여움과 안쓰러움, 낭만적인 애정과 같은 감정은, 끊임없는 성장의 시대에 걸맞게 성공을 향한 새로운 동력으로 작용하며 독자들의 사랑을 받았다. 힐링을 매우 효과적인 것처럼 느끼게 했던 팍팍한 현실이 크게 바뀌지 않는 한, 육아물의 힐링 전략은 꽤 오랜 시간 유효할 것만 같다.

장르는 그 콘텐츠에 여러모로 간섭하는 행위자들에 의해 문법이 형성되고, 때로는 형성된 문법을 즐겁게 배신하며 변화한다. 웹소설은 이 문법을 보다 첨예하게 적용함으로써 문법의 변화를 빠르게 촉진한

다. 육아물의 시작점으로 명명했던 〈황제의 외동딸〉
이 연재를 시작하고 10년이 훌쩍 흐른 지금, 육아물은
다채로운 변주를 제시하며 독자들에게 꾸준히 읽히
고 있다.

육아물의 감성은 로맨스판타지를 넘어, 웹소설
여러 장르의 서사적 문법과 정서적 효과는 물론 다양
한 서사 매체를 통해서도 느낄 수 있다. 로맨스판타지
의 육아물을 힐링으로 읽는 이 시도가 웹소설의 어느
한 장르를 이해하는 것에 그치지 않고, 다양한 서사
매체와 함께 동시대 한국의 사회적·문화적 감성까지
확인할 수 있는 계기가 되었으면 한다.

요다 해시태그 장르 비평선 05
#로맨스판타지 #육아물 #힐링

1판 1쇄 인쇄. 2025년 12월 10일
1판 1쇄 발행. 2025년 12월 20일

지은이. 손진원
펴낸이. 한기호
기획. 텍스트릿
책임편집. 정안나
편집. 도은숙, 유태선, 김현구, 김혜경
마케팅. 윤수연
디자인. studio.fractal.kr@gmail.com
경영지원. 국순근

펴낸곳. 요다
출판등록. 2017년 9월 5일 제2017-000238호
주소. 04029 서울시 마포구 동교로 12안길 14 삼성빌딩 A동 2층
전화. 02-336-5675   팩스. 02-337-5347
이메일. kpm@kpm21.co.kr

ISBN. 979-11-90749-93-0 04800
979-11-90749-24-4 04800 (세트)